Miyazawa kenji

미야자와 겐지
宮沢賢治, 1896. 8. 27. ~ 1933. 9. 21.

"대지와 별 사이를 문학으로 잇다"

일본의 가장 사랑받는 작가 중 하나인 미야자와 겐지는 1896년 8월 27일, 여름이면 수만 마리 반딧불이 강 언저리를 수놓는 이와테현 하나마키 평야에서 태어났다. 전당포를 하던 아버지가 가난한 사람들을 이용하여 돈을 버는 것에 회의를 품은 그는 이후 어려운 사람들, 특히 농민들에게 도움이 되고자 일생 동안 노력한다. 모리오카 고등농림학교盛岡高等農林學校를 졸업한 뒤 농업학교에서 학생을 가르치거나 농업을 연구해 농사를 지도하기도 했다.

그는 청빈하고 절제된 생활 속에서 글을 썼는데 자연과의 깊은 교감, 우주를 향한 무한한 상상력을 바탕으로 100여 편의 동화와 400편의 시를 남겼다. 사후 그의 문학은 전쟁의 상흔으로 상처입은 일본 사회에 생명과 공생의 가치를 불러일으키며 큰 반향을 불러일으켰다. 극심한 가난에 시달리다 폐렴으로 1933년 9월 21일 사망했다. 주요 작품에 《은하철도의 밤》, 《첼로 켜는 고슈》, 《바람의 마타사부로》 등이 있다.

옮긴이 김수영

"겐지의 은하銀河가 여기 다시 흐르게"

일상의 틈마다 빛나는 일본 문학을 '채굴'해
함께 읽고 싶다는 마음으로 글을 옮깁니다.

〈은하철도의 밤〉은 죽음이 슬픔이 아니라
무한 연대의 문으로 전환되는 순간임을 강조합니다.
'천기륜의 기둥' 아래 서서 별빛과 나무 냄새,
그리고 아직 이름 붙이지 못한 감정들을 새로이 맞이하시길.

은하철도의 밤

미야자와 겐지 · 김수영

銀河鉄道の夜

차례

은하철도의 밤
7

첼로 연주자 고슈
93

주문이 많은 요리점
121

역자 후기 · 137

작가의 생애 · 141

일러두기

1. 이 책은 미야자와 겐지의 작품을 모아 엮은 선집이다. 각각의 저본은 다음과 같다.
   • 〈은하철도의 밤(銀河鉄道の夜)〉,《新編 銀河鉄道の夜》, 新潮社, 1989年 6月 15日.
   • 〈첼로 연주자 고슈(セロ弾きのゴーシュ)〉,《新編 銀河鉄道の夜》, 新潮社, 1989年 6月 15日.
   • 〈주문이 많은 요리점(注文の多い料理店)〉,《注文の多い料理店》, 新潮社, 1990年 5月 25日.
2. 본문 하단의 설명은 역자의 주이다.

은하철도의 밤

1
오후의 수업

"그럼 여러분은 이렇게 강이라고도 하고, 젖이 흐른 자국이라고도 하는 이 희부연 것이 실제 무엇인지 알고 있나요?"

선생님이 칠판에 매달린 크고 까만 별자리 지도의, 위에서 아래로 희고 흐릿한 은하수의 띠 같은 부분을 손으로 가리키며 학생들에게 질문했습니다.

캄파넬라가 손을 들었습니다. 그리고 네다섯 명이 손을 들었습니다. 조반니도 손을 들려고 했지만 곧바로 멈췄습니다. 분명 저것이 모두 별이라는 것을 언젠가 잡지에서 읽어 알고 있었습니다. 하지만 요즘 조반니는 교실에 있으면 하릴없이 잠이 오는 데다, 책을 읽을 짬도 읽을 책도 없었고, 무엇이 되었든 잘 모르겠다는 기분이었습니다.

그런데 선생님은 벌써 조반니가 손을 들려고 했다는 것을 알아차렸습니다.

"조반니, 알고 있지?"

조반니가 기세 좋게 일어났지만 막상 일어나니 확실하게 대답할 수 없었습니다. 자넬리가 앞자리에서 뒤돌아 조반니를 보며 쿡쿡 웃었습니다. 조반니는 어찌할 바를 몰라 새빨개져 버렸습니다. 선생님이 또 말했습니다.

"커다란 망원경으로 은하수를 잘 살펴보면 은하수는 대체 무엇으로 이루어져 있을까?"

역시 별이라고, 조반니는 생각했지만 이번에도 바로 대답을 할 수 없었습니다.

선생님이 잠시 곤란해 하다가 캄파넬라가 있는 쪽을 보고,

"그럼 캄파넬라" 하고 지명했습니다. 그러자 그토록 힘껏 손을 들고 있던 캄파넬라가 마찬가지로 우물쭈물 일어나더니 역시 대답을 하지 못했습니다.

선생님이 뜻밖이라는 듯이 잠시 캄파넬라를 지켜보다가 서둘러,

"그럼. 좋아" 하고 말하며 직접 별자리 지도를 가리켰습니다.

"이 뿌옇고 흰 은하수를 크고 좋은 망원경으로 보면, 아주 많고 작은 별이 보입니다. 조반니, 그렇지요?"

조반니는 새빨갛게 되어 끄덕였습니다. 하지만 어느새 조반니의 눈에 눈물이 가득 차올랐습니다. '그래. 나는 알고 있어. 물론 캄파넬라도 알고 있고. 언젠가 캄파넬라의 아버지인 박사님 댁에서 캄파넬라와 함께 읽은 잡지에 있었으니까.' 게다가 캄파넬라는 그 잡지를 읽더니 바로 아버지의 서재에서 큰 책을 들고 와 은하수가 나온 부분을 펼쳤고, 새까만 페이지에 가득하게 하얀 점들이 있는 아름다운 사진을 둘이서 오랫동안 바라보았습니다. '그것을 캄파넬라가 잊었을 리가 없는데, 바로 대답을 하지 않은 건 요즘 내가 아침에도 저녁에도 일이 힘들어서 학교에 나와도 모두와 활발하게 놀지 못하고 캄파넬라와도 별로 이야기를 하지 않으니까. 캄파넬라도 그걸 알고 안타깝게 여겨 일부러 대답하지 않은 거야.' 그렇게 생각하자 자신도 캄파넬라도 못 견디게 불쌍하게 느껴졌습니다.

선생님이 또 이야기했습니다.

"그래서 만약 이 하늘의 강을 정말로 강이라고 생각한다면, 그 한 알 한 알의 작은 별은 다 그 강바닥에 있는 모래나 자갈 알갱이에 해당합니다. 또 그것을 젖이 흐르는 큰 강으로 생각한다면 더욱 하늘의 강과 비슷하죠. 즉, 그 별은 모두 젖속에 잘게 떠다니는 지방 알갱이나 마찬가지입니다. 그럼 그 강물에 해당하는 것은 무엇일까요? 그것은 진공이라는, 빛을 특정 속도로 전달하는 물질입니다. 태양이나 지구도 마찬가지로 그 속을 떠다니고 있습니다. 즉, 우리들도 하늘의 강의 물속에 살고 있는 거죠. 그리고 그 하늘의 강물 속에서 사방을 둘러보면 마치 물이 깊으면 깊을수록 푸르게 보이듯이, 하늘의 강바닥이 깊고 먼 곳일수록 별이 많이 모여 보이기 때문에 희고 뿌옇게 보이는 겁니다."

선생님은 빛나는 모래알이 잔뜩 들어 있는 큰 양면 볼록 렌즈를 가리켰습니다.

"하늘의 강의 형상은 바로 이런 모양입니다. 이 한 알 한 알 빛나는 알갱이가 모두 우리의 태양과 같이 스스로 빛을 뿜어내는 별이라고 생각할 수 있습니다. 우리의 태양이 대략 이쪽 안쪽에 있고, 지구가 바로 그 근처에 있습니다. 여러분은 밤에 이 한가운데서 렌즈의 안쪽을 둘러보세요. 이쪽은 렌즈가 얇아서 아주 빛나는 알갱이 일부분, 즉, 별밖에 보이지 않을 겁니다. 이쪽이나 이쪽 방향에는 유리가 두꺼워서 빛나는 알갱이가, 별이 많이 보이죠. 저쪽 멀리서 뿌옇고 희게 보이는 이것이 바로 지금의 은하수라는 이야기입니다. 그럼 이 렌즈의 크기가 어느 정도인지, 또 그 속에 다양한 별에 대해서는 이제 끝날 시간이니 다음 이과 시간에 이야기하겠습니다. 자, 오늘은 바로 그 은하 축제날이죠. 여러분은 밖에 나가서 하늘을 잘 살펴보세요. 그럼 이제 마칩니다. 책이랑 노트를 덮으세요."

그리고 교실 안은 잠시 책상 뚜껑을 열거나 닫고 책을 덮는 소리로 가득했습니다. 얼마 지나지 않아 다들 일어서서 인사한 뒤 교실을 나왔습니다.

2
활판소

 조반니가 학교 문을 나올 때였습니다. 같은 반 아이들 일고여덟 명이 집으로 돌아가지 않고 캄파넬라를 가운데 두고 운동장 구석 벚나무 근처에 모여 있었습니다. 오늘 밤 별 축제 때 파란 등불을 만들어 강에 흘려보내기 위해 하눌타리 열매를 따러 가자는 이야기를 하는 것 같았습니다.

 하지만 조반니는 손을 크게 흔들고는 거리낌 없이 학교 문을 나섰습니다. 마을엔 집집마다 오늘 밤 은하수 축제를 위해 주목나무 잎을 둥글게 엮어 매달아 놓거나, 편백나무 가지에 등불을 걸기도 하며 여러 가지 준비를 하고 있었습니다.

 조반니는 집에 돌아가지 않고 길모퉁이를 세 번 돌면 있는 커다란 활판소로 들어가 입구 바로 앞 계산대에 있는 헐렁한 흰 셔츠를 입은 사람에게 인사하고서 신발을 벗고 올라가,

복도 맨 끝에 있는 커다란 문을 열었습니다. 안에는 아직 낮인데도 전등이 켜져 있고, 많은 윤전기가 쿵쿵 돌고 있었습니다. 천으로 머리를 동여맸거나 전등갓 같은 걸 쓴 많은 사람들이 마치 노래처럼 뭔가를 읊거나 헤아리며 일을 하고 있었습니다.

조반니는 입구에서 세 번째 있는 높은 탁자에 앉은 사람에게 가서 인사했습니다. 그 사람은 잠깐 선반을 더듬더니,

"이만큼 가져올 수 있겠어?" 하고 말하면서 종이쪽지 한 장을 건넸습니다. 조반니는 그 사람 탁자 밑에서 작고 납작한 상자 하나를 꺼내 반대쪽으로 전등이 잔뜩 켜져 있는 비스듬히 기울어진 벽 구석에 웅크려 앉아 작은 핀셋으로 좁쌀만 한 활자를 차례차례 골라내기 시작했습니다. 작업용 파란 앞치마를 걸친 사람이 조반니 뒤로 지나가면서,

"여, 애송이 왔냐?" 하고 말하자, 가까운 데 있던 네다섯 사람이 이쪽을 보지도 않고 소리 없이 차갑게 웃었습니다.

조반니는 눈을 몇 번이나 비벼 가며 활자를 한 알 한 알 골라냈습니다.

시계가 여섯 시를 알리고 잠시 지나, 조반니는 골라낸 활자를 가득 담은 납작한 상자를 손에 쥔 종이쪽지와 한 번 더 맞춰 보고선 아까 그 탁자에 있던 사람에게 가져갔습니다. 그

사람은 그것을 말없이 받아 들고 슬쩍 고개를 끄덕였습니다.

조반니는 인사하고 문을 열어 아까 계산대가 있던 곳으로 갔습니다. 그러자 그 흰옷을 입은 사람이 역시나 말없이 작은 은화 한 닢을 건네주었습니다. 조반니의 표정이 확 밝아지더니 기운차게 인사했습니다. 그리고 계산대 아래 두었던 가방을 들고 밖으로 뛰어나갔습니다. 신나게 휘파람을 불며 빵집에 들러 빵 덩어리 하나와 각설탕 한 봉지를 사서 쏜살같이 뛰기 시작했습니다.

3
집

 조반니가 신나게 달려간 곳은 뒷골목에 있는 어느 작은 집이었습니다. 나란히 문 세 개가 있는 입구 중에 제일 왼쪽에는 빈 상자에 보라색 케일과 아스파라거스가 심겨 있었고 작은 창 두 개에는 커튼이 드리워져 있었습니다.

 "엄마, 저 왔어요. 몸은 괜찮아요?" 조반니가 신발을 벗으며 말했습니다.

 "그래, 조반니. 일하느라 힘들었지? 오늘은 선선해서 엄만 종일 기분이 좋았단다."

 조반니가 현관에 올라와 보니 조반니의 엄마는 입구 바로 옆방에서 하얀 이불을 덮고 누워 있었습니다. 조반니는 창문을 열었습니다.

 "엄마, 오늘은 각설탕을 사 왔어요. 우유에 넣어 드리려고요."

"그래. 너 먼저 먹으렴. 난 아직 생각이 없구나."

"엄마, 누나는 언제 갔어요?"

"세 시쯤 돌아갔단다. 이것저것 해 놓고 갔어."

"엄마 드실 우유는 안 왔나 봐요?"

"안 왔나 봐."

"제가 가서 가져올게요."

"나는 나중에 먹어도 괜찮으니까 너 먼저 먹으렴. 누나가 토마토로 뭘 만들어서 저기에 차려 놨어."

"그럼 먼저 먹을게요."

조반니는 창문 옆으로 토마토 접시를 가져와서 잠시 빵과 함께 와구와구 먹었습니다.

"엄마, 있죠, 난 아빠가 금방 돌아오실 것만 같아요."

"그럼, 엄마도 그렇단다. 그런데 넌 어째서 그렇게 생각하니?"

"오늘 아침 신문에 올해는 북쪽에서 고기가 아주 많이 잡혔다고 해서요."

"그렇긴 해. 근데 아빠는 고기를 잡으러 가신 게 아닐지도 몰라."

"분명 고기 잡으러 가신 거예요. 아빠가 감옥에 들어갈 만큼 나쁜 일을 하셨을 리가 없어. 전에 아빠가 학교에 기증한 커다란 게의 등딱지라든가 순록 뿔이 아직도 전부 표본실에 있어요. 6학년 수업시간에는 선생님이 번갈아 교실에 가져가요. 재작년 수학여행에서 [이하 몇 글자 공백]."

"아빠가 이다음에는 너한테 해달 가죽 외투를 갖다 주겠다고 하셨단다."

"모두들 나만 보면 그 말을 해요. 놀리는 것처럼 말해요."

"네 험담을 하니?"

"네. 그런데 캄파넬라는 절대 그런 말을 하지 않아요. 캄파넬라는 다들 그런 말을 하고 있을 때 미안하다는 표정을 지어요."

"캄파넬라네 아버지와 너희 아빠는, 지금 너희처럼 어릴 때부터 친한 친구였다는구나."

"응, 그래서 아빠가 저를 데리고 캄파넬라네 집에 갔는걸요. 그때는 좋았어요. 학교에서 돌아오는 길에 자주 캄파넬라네 집에 들렀어요. 캄파넬라네 집에는 알코올램프로 달리는 기차가 있었어요. 기찻길을 일곱 개 연결하면 동그랗게 돼요. 게다가 전봇대와 신호등까지 달려 있는데, 신호등은 기차가 지나갈 때만 파랗게 불이 들어오게 되어 있어요. 언젠가 알코올이 없어서 석유를 넣었더니 기관이 완전히 새카맣게 그을려 버렸어요."

"그랬구나."

"지금도 아침마다 신문을 넣으러 가요. 그런데 늘 집이 소리 하나 없이 조용해요."

"시간이 일러서."

"자우엘이라는 개가 있어요. 꼬리가 꼭 빗자루 같아요. 제가 가면 코를 킁킁거리며 와요. 계속 길모퉁이까지 따라와요. 더 멀리 따라왔을 때도 있어요. 오늘은 다들 하눌타리 등불을 강에 띄우러 간다고 했어요. 틀림없이 자우엘도 올 거예요."

"그렇지. 오늘밤이 은하수 축제구나."

"네. 우유 받으러 가면서 보고 올게요."

"그래, 다녀와. 강에는 들어가지 말고."

"네. 저는 강가에서 보기만 할 거예요. 한 시간 있다 올 거예요."

"더 놀다 와도 돼. 캄파넬라랑 함께라면 걱정 없으니까."

"그럼요. 꼭 같이 놀게요. 엄마, 창문 닫아 둘까요?"

"그래 줄래? 이제 춥네."

조반니는 일어나서 창문을 닫고 접시와 빵 봉지를 정리하고 씩씩하게 신발을 신고는,

"그럼 한 시간 반만 놀다 올게요." 하고 말하며 어두운 현관을 나섰습니다.

4
켄타우로스 축제의 밤

조반니는 휘파람을 부는 입 모양을 하고 편백나무가 새까 맣게 늘어선 마을 언덕을 쓸쓸하게 내려왔습니다.

언덕 아래 커다란 가로등 하나가 청백색의 훌륭한 빛을 뿜으며 서 있었습니다. 조반니가 계속 전등 쪽으로 내려갔더니 지금까지 괴물처럼 길고 흐릿하게 뒤에 붙어 오던 조반니의 그림자가 점점 진하고 검고 또렷해져서, 발을 들었다가 팔을 흔들었다가 하며 조반니의 옆으로 돌아와 있었습니다.

'나는 멋진 기관차야. 여기는 내리막이니까 빨리 가야지. 나는 지금 저 전등 앞길을 지나고 있어. 봐, 이번엔 내 그림자가 컴퍼스야. 이렇게 빙글 돌아서 앞으로 왔어.'

하는 생각을 떠올리며, 큰 걸음으로 그 전등 아래를 지나가는데 갑자기 낮에 본 자넬리가 새 깃이 빳빳한 셔츠를 입고 전등 맞은편 어두운 골목길에서 나와 조반니를 슬쩍 스쳐 지나갔습니다.

"자넬리, 하눌타리 등불을 흘려보내러 가니?" 조반니가 말을 채 맺기도 전에,

"조반니, 아빠가 해달 가죽 외투를 가져오겠네" 하고, 그 아이가 뒤쪽에서 내던지듯 외쳤습니다.

조반니는 가슴이 확 싸늘해지고 온 가슴이 찡 하고 울리는 것 같았습니다.

"뭐야, 자넬리!" 하고 조반니가 소리 높여 답했지만 자넬리는 저 건너 편백나무가 심겨 있는 집으로 이미 들어가 버렸습니다.

"자넬리는 왜 내가 아무 짓도 안 했는데도 저런 말을 할까. 달릴 때는 꼭 생쥐 같은 주제에. 내가 아무 짓도 안 했는데도 저런 말을 하는 걸 보니 쟤는 바보야."

조반니는 이런저런 것들을 바쁘게 생각하며 갖가지 등불과 나뭇가지로 깔끔하고 아름답게 장식된 길을 지나갔습니다. 시계 가게에는 밝은 네온등이 켜져 있었는데, 1초마다 돌로 만든 부엉이의 빨간 눈이 데굴데굴 움직였고, 색색의 보석이 두툼한 바닷빛 유리판 위에 박힌 채 별처럼 천천히 돌아갔으며, 또 그 맞은편에는 황동으로 만든 켄타우로스가 천천히 이쪽

으로 돌아오고는 했습니다. 그 한가운데에 검은 별자리판이 푸른 아스파라거스 잎으로 둥글게 장식되어 있었습니다.

조반니는 넋을 잃고 그 별자리 지도를 들여다보았습니다.

그 지도는 낮에 학교에서 본 그림보다는 훨씬 작았지만 그 날짜와 시간에 맞도록 판을 돌리면 그 시간의 밤하늘이 그대로 타원형 안에 돌며 나타나게 되어 있었습니다. 또한 그 한가운데에는 위에서 아래로 은하수가 희미하게 흐릿한 띠처럼 있었고, 그 아래쪽에는 아스라이 무언가 폭발하여 수증기가 어린 것처럼 보였습니다. 그리고 그 뒤에는 다리 세 개짜리 작은 망원경이 노란빛을 내며 서 있었습니다. 제일 뒤에 있는 벽에는 하늘 전체의 별자리를 신기한 짐승과 뱀, 물고기와 물병 모양으로 그린 커다란 지도가 걸려 있었습니다. 정말로 이런 전갈이나 용사 같은 것이 하늘에 가득하게 있는 걸까. 아, 나는 그 속으로 언제까지고 걸어 들어가 보고 싶다, 하는 생각을 하며 멍하니 서 있었습니다.

그러다 갑자기 어머니의 우유가 떠올라 조반니는 가게를 벗어났습니다. 그리고 꽉 끼는 윗도리 어깨를 의식하면서도 일부러 가슴을 펴고 크게 팔을 흔들며 거리를 지나갔습니다.

공기가 깨끗하고 맑아서 마치 물처럼 거리와 가게 안을 흐르고, 가로등은 모두 푸른빛 전나무와 졸참나무 가지로 감싸여 있었습니다. 전기회사 앞에 줄지은 여섯 그루의 플라타너스 나무에는 꼬마전구들이 수없이 매달려 있어, 그 일대는 마치 인어의 도시처럼 보였습니다. 아이들은 모두 새로 주름을 잡은 옷을 입고 〈별 순례의 노래〉*를 휘파람으로 불며, "켄타우로스, 이슬을 내려라" 하고 외치며 달리거나 파란 마그네슘 불꽃을 태우면서 자못 즐겁게 놀고 있었습니다. 하지만 조반니는 어느새 다시 깊숙이 고개를 숙이고 그 소란함과 너무나 반대되는 생각을 하며 우유가게로 가는 길을 서둘렀습니다.

조반니는 어느새 마을을 벗어나 포플러 나무가 몇 그루나 심겨 있고, 별이 하늘에 높이 떠 있는 곳에 왔습니다.

그 우유가게의 까만 문으로 들어가 우유 냄새가 나는 어두컴컴한 부엌 앞에 서서 조반니는 모자를 벗고 "안녕하세요" 하고 말하는데, 집 안이 잠잠해 아무도 없는 것 같았습니다.

---

* 미야자와 겐지가 작사·작곡한 서정적인 분위기의 노래로, 그의 다른 작품인 〈쌍둥이별(双子の星)〉에 등장한다.
빨간 눈망울의 전갈 / 펼친 독수리의 날개 / 파란 눈망울의 강아지, / 빛나는 뱀의 또아리. / 오리온은 높이 노래하고 / 이슬과 서리를 내리네, / 안드로메다의 구름은 / 물고기의 입 모양. / 큰곰의 다리를 북쪽으로 / 다섯 번 뻗은 곳. / 작은곰의 이마 위는 / 하늘이 순례하는 기준점.
あかいめだまの さそり / ひろげた鷲の つばさ / あをいめだまの 小いぬ、/ ひかりのへびの とぐろ。/ オリオンは 高く うたひ / つゆとしもとを おとす、/ アンドロメダの くもは / さかなのくちの かたち。/ 大ぐまのあしを きたに / 五つのばした ところ。/ 小熊のひたいの うへは / そらのめぐりの めあて。

은하철도의 밤

"안녕하세요. 계세요?" 조반니가 바로 앞에 서서 다시 외쳤습니다. 그러자 잠시 지나 나이가 많은 여자가 어딘가 앓고 있는지 조심스레 나와 무슨 일이냐고 중얼거리듯 물었습니다.

"저, 오늘, 우유가 저희 집에 안 왔는데, 받으러 왔습니다." 조반니가 열심히 이야기했습니다.

"지금 아무도 없어서 잘 모르겠네요. 내일 와요."

그 사람은 빨간 눈 밑을 비비며 조반니를 내려다보며 말했습니다.

"엄마가 아파서 오늘 밤에 없으면 안 돼요."

"그럼 조금 있다가 다시 와요." 그 사람은 다시 가 버리려는 듯했습니다.

"알겠습니다. 그럼 안녕히 계세요." 조반니는 인사를 하고 부엌에서 나왔습니다.

사거리를 돌아가려 하는데 건너편 다리로 가는 방향에 있는 잡화점 앞에 검은 그림자와 흐릿하니 흰 셔츠가 섞여서 예닐곱 명의 학생이 휘파람을 불거나 웃으면서 각자 하눌타리 등불을 들고 오는 것이 보였습니다. 그 웃음소리와 휘파람 소리가 전부 귀에 익었습니다. 조반니의 같은 반 아이들이었습니다. 조반니는 겁이 나서 무심코 되돌아갈 뻔하다가 마음을 다시 고쳐먹고 더욱 씩씩하게 그쪽으로 걸어갔습니다.

"강으로 가는 거야?" 조반니가 물어 보려다 잠시 목이 막혔을 때,

"조반니, 해달 옷이 올 거야." 아까 본 자넬리가 또 외쳤습니다.

"조반니, 해달 옷이 올 거야." 곧이어 다들 따라 외쳤습니다. 조반니는 새빨개져서 어떻게 걷는지도 모르게 서둘러 지나치려 하는데 그중에 캄파넬라가 있었습니다. 캄파넬라는 안쓰럽다는 듯이 잠자코 살짝 웃으며, 조반니가 혹여 화를 내진 않을까 바라보고 있었습니다.

조반니가 도망치듯 그 눈길을 피하며 키 큰 캄파넬라를 지나치니 곧이어 다들 제각기 휘파람을 불었습니다. 길모퉁이를 돌아가면서 뒤돌아보니 자넬리가 아직도 이쪽을 바라보고 있었습니다. 그리고 캄파넬라도 휘파람을 높이 불며 건너편에 흐릿하게 보이는 다리 쪽으로 가 버렸습니다. 조반니는 말할 수 없이 쓸쓸해져서 느닷없이 뛰었습니다. 귀에 손을 대고 와아아 외치며 한쪽 발로 콩콩 뛰어다니던 어린아이들이 조반니가 즐거워서 뛰어가는 거라고 생각하고 와 하고 소리쳤습니다. 곧이어 조반니는 새까만 언덕을 향해 길을 재촉했습니다.

5
천기륜 기둥

　목장 뒤에는 완만한 언덕이 있습니다. 그 어둡고 평평한 꼭대기가 북쪽의 큰곰자리 별 아래 어렴풋이 평소보다도 낮고 손에 닿을 듯이 느껴졌습니다.

　조반니는 벌써 이슬이 내려앉은 작은 숲속 오솔길을 계속 올라갔습니다. 새까만 풀이나 여러 모양으로 보이는 덤불숲 사이를 이 한줄기 작은 길이 별빛을 받아 하얗게 빛나고 있었습니다. 풀 속에 반짝반짝 푸른빛을 내는 작은 벌레도 있어서 어떤 잎은 파랗게 비쳐 보였습니다. 조반니는 아까 아이들이 들고 간 하눌타리 등불 같다고 생각했습니다.

　그 새까만, 소나무와 졸참나무의 숲을 지나자 별안간 하늘이 뻥 뚫리더니 하늘의 강이 희부옇게 남쪽에서 북쪽으로 뻗어 있는 것이 보였습니다. 언덕 꼭대기에 있는 천기륜天気輪

기둥도 보이기 시작했습니다. 캄파눌라인지 들국화인지 모를 꽃이 꼭대기에 가득, 향기가 꿈속에까지 전해질 만큼 피어 있었습니다. 새 한 마리가 언덕 위를 울며 지나갔습니다.

조반니는 꼭대기에 있는 천기류 기둥 아래로 가서 후끈한 몸을 시원한 풀밭에 누이고 식혔습니다.

마을의 불빛이 어둠 속을 마치 바닷속에 있는 용궁처럼 밝히고 있었고 아이들의 노랫소리와 휘파람 소리, 외치는 소리도 가끔씩 아련하게 들려왔습니다. 바람이 멀리서 울었고, 언덕에 자란 풀도 조용히 살랑거려 조반니의 땀으로 젖은 셔츠를 시원하게 식혀 주었습니다. 조반니는 마을에서 멀리 검게 펼쳐진 들판을 바라보았습니다.

그쪽에서 기차 소리가 들려왔습니다. 그 작은 열차의 창문이 한 줄로 작고 빨갛게 보이고, 그 안에는 많은 여행객이, 사과를 깎으며, 더러는 웃기도 하고, 이러저러한 모습으로 있다고 생각하니, 조반니는 정말이지 뭐라 말할 수 없을 만큼 슬퍼져서 다시 눈길을 하늘로 향했습니다.

'아아, 저 흰 하늘의 띠가 전부 별이라는 거로구나.'

그런데 아무리 바라보아도 그 하늘은 낮에 선생님이 이야기한 대로 텅 빈 차가운 곳이라는 생각은 들지 않았습니다. 그러기는커녕 보면 볼수록 작은 숲이나 목장이 있는 들판 같다는 생각만 들었습니다. 그리고 조반니는 파란 거문고자리의 별이 세 개나 네 개가 되며 아물아물 깜박거리고, 다리가 몇 번이나 뻗었다가 끌어당겨지다가 결국 버섯처럼 길게 뻗는 것이 보였습니다. 또 바로 눈 아래 있는 마을까지도 역시 흐릿하게 수많은 별무리로도, 하나의 큰 연기같이도 보였습니다.

6
은하수 정거장

그렇게 조반니는 바로 뒤에 있는 천기륜 기둥이 어느새 흐릿한 삼각표 모양이 되어 잠시 반딧불처럼 깜빡깜빡 꺼졌다가 켜지는 것을 바라보았습니다. 그것은 점점 또렷해지더니, 결국 당당한 모습으로 짙은 감청빛 하늘의 들판에 우뚝 솟았습니다. 갓 담금질을 마친 푸른 철판 같은 하늘 들판에 올곧게 서 있었습니다.

그러자 어디선가 신비로운 목소리로 '은하수 정거장, 은하수 정거장' 하는 음성이 들린다는 생각이 들자마자 갑자기 눈앞이 확 밝아지더니, 마치 억만 마리의 불똥꼴뚜기 불빛을 한 번에 화석으로 만들어서 온 하늘에 가라앉혀 놓은 것처럼, 아니면 다이아몬드 회사에서 가격이 떨어지지 않도록 일부러 숨겨 두었던 다이아몬드를 누군가 단박에 뒤집어엎어 흩뿌려 둔 것처럼 눈앞이 환해졌습니다. 조반니는 무심결에 몇 번이나 눈을 비볐습니다.

 정신을 차려 보니, 작은 열차는 아까부터 덜컹덜컹, 덜컹덜컹, 조반니를 태우고 줄곧 달리고 있었습니다. 정말 조반니는 한밤의 작은 기차 안, 작고 노란 전등이 늘어선 객실에서 창밖을 보며 앉아 있는 것이었습니다. 객실 안은 파란 벨벳으로 감싼 의자가 그야말로 텅 비어 있었고, 건너편의 반질반질한 암회색 도료를 바른 벽에는 놋쇠로 된 커다란 단추 두 개가 빛나고 있었습니다.

 바로 앞자리에 흠뻑 젖은 것처럼 새까만 상의를 입은 키가 큰 어린아이가 창문에서 머리를 내밀고 바깥을 보고 있다는 것을 깨달았습니다. 그리고 그 아이의 어깨가 아무래도 본 적이 있는 것 같다는 생각이 들었습니다. 그 아이가 누군지 어떻게 해서든 알고 싶어졌습니다. 이쪽도 불쑥 창문으로 고개를 내밀어 볼까 했을 때, 갑자기 그 아이가 머리를 들이더니 이쪽을 쳐다봤습니다.

 캄파넬라였습니다.

 조반니가 '캄파넬라, 너 아까부터 여기 있었던 거야?'라고 물어보려 하는데, 캄파넬라가

 "다른 애들이 열심히 달리긴 했는데 늦었더라고. 자넬리

도 꽤나 열심히 쫓아나오긴 했는데 따라잡진 못했어"라고 말했습니다.

조반니는, '그렇지, 우린 지금 같이 놀러 나온 거야' 하고 생각하며,

"어딘가에서 기다리고 있으려나" 하고 이야기했습니다. 그러자 캄파넬라는

"자넬리는 벌써 들어갔어. 아빠가 데리러 왔더라."

그렇게 말하는 캄파넬라의 안색이 어째선지 조금 파리해 보이고, 어딘가 아파 보였습니다. 그래서 조반니도 왠지 어딘가에, 뭔가를 잃어버린 것 같은 안타까운 기분이 들어 가만히 있었습니다.

하지만 캄파넬라는 창밖을 바라보며, 이제 아주 기운을 차렸는지 씩씩하게 이야기했습니다.

"아, 큰일이야. 나 물통을 잃어버렸어. 스케치북도 잃어버렸네. 그래도 괜찮아. 이제 곧 백조 정거장이니까. 백조가 보이면 정말 좋겠어. 강 멀리서 날고 있어도, 꼭 보고 말 거야." 그리고 캄파넬라는 원판처럼 보이는 지도를 계속 빙글빙글 돌리며 보고 있습니다. 정말이지 그 지도 속에는, 하얗게 표시된 은하수 왼쪽 기슭을 따라 철도선로가 한 줄 남쪽으로 쭉 이어져 있었습니다. 그리고 그 지도의 굉장한 점은, 밤처럼 새까만 판

위에 정거장과 삼각표, 샘과 숲 하나하나가 푸른색이나 귤색, 녹색의 아름다운 빛으로 아롱져 있는 것이었습니다. 조반니는 왠지 그 지도를 어디선가 본 것 같았습니다.

"이 지도는 어디서 샀어? 흑요석으로 되어 있네."

조반니가 물었습니다.

"은하 정거장에서 받았어. 너는 못 받았어?"

"응. 내가 은하 정거장을 지나 왔었나? 지금 우리가 있는 곳이, 여기지?"

조반니는 백조라고 적힌 정거장 표시의, 바로 북쪽을 짚었습니다.

"그래. 봐, 저 강가 모래밭에는 달이 뜬 건가 봐."

그쪽을 보니 청백색으로 빛나는 은하 강기슭에 은색 하늘억새가 온통 바람에 하늘하늘, 하늘하늘, 흔들거리며 물결치고 있었습니다.

"달이 뜬 게 아니야. 은하수라서 빛이 나는 거야."

조반니는 마치 날아오를 듯이 유쾌해졌고, 발을 동동 구르며 창으로 고개를 내밀고 〈별 순례의 노래〉를 휘파람으로 높이높이 불렀습니다. 힘껏 몸을 뻗어 그 하늘 강의 물을 끝까지 바라보려 했지만 그 시작이 어딘지 도대체 보이지 않았습니다. 그래도 더욱 주의 깊게 바라보니 그 깨끗한 물은 유리

보다도 수소보다도 투명해서, 때때로 눈 상태에 따라 아물아물 보라색의 자잘한 파도를 일으키거나 무지개처럼 환하게 빛나기도 하면서 소리 없이 자꾸만 흘러갔습니다. 들판에는 여기저기 인광燐光*으로 빛나는 삼각표가 아름답게 서 있었습니다. 멀리 있는 것은 작게, 가까이 있는 것은 크게, 멀리 있는 것은 주황색과 노란색으로 빛나고, 가까이 있는 것은 청백색으로 살짝 아련하게, 어떤 것은 삼각형, 어떤 것은 사변형, 어떤 것은 번개나 사슬 모양으로 제각각 늘어서서 들판 가득하게 빛나고 있었습니다. 조반니는 너무나 두근거려 머리를 힘껏 흔들었습니다. 그러자 정말 그 아름다운 들판 곳곳에 있는 푸른색이나 주황색의 각양각색으로 빛나는 삼각표도 각자 숨을 쉬는 것처럼 어른어른 흔들거리고 굽이쳤습니다.

"난 정말, 진짜 하늘의 들판에 온 거야." 조반니가 말했습니다.

"그리고 이 기차는 석탄을 때는 게 아니야." 조반니가 창밖으로 왼손을 내밀며 앞을 보고 말했습니다.

"알코올 아니면 전기겠지." 캄파넬라가 말했습니다.

덜컹덜컹, 덜컹덜컹, 그 작고 예쁜 기차는 바람에 술렁이

---

* 빛의 자극을 받아 빛을 내던 물질이 그 자극이 멎은 뒤에도 계속하여 내는 빛.

은하철도의 밤

는 하늘억새 속을, 하늘의 강물과 창백한 삼각점의 희미한 빛 속을, 언제까지나 어디까지나 달려갔습니다.

"아, 용담꽃이 피어 있어. 이제 완연한 가을이구나." 캄파넬라가 창밖을 가리키며 말했습니다.

기찻길 가장자리에 난 짧은 풀밭에 월장석으로라도 조각한 것처럼 멋진 보라색 용담꽃이 피어 있었습니다.

"지금 뛰어내려서 저걸 따서 다시 뛰어 올라탈까?" 조반니가 가슴 설레며 말했습니다.

"벌써 늦었어. 저렇게나 멀리 가 버렸는걸."

캄파넬라가 그렇게 말을 채 끝내기도 전에, 다시 용담이 가득 빛나며 지나갔습니다.

그렇게 생각하자마자 또 연이어서 노란 꽃술이 잔뜩 든 용담 꽃망울이 솟아나듯, 쏟아지듯 눈앞을 지나갔고, 삼각표들은 연기가 피어오르듯, 불타오르듯 점점 빛을 내며 서 있었습니다.

7
북십자와 플라이오세 해안

"엄마는 날 용서해 주실까?"

느닷없이 캄파넬라가 결심했다는 듯이, 조금은 초조해 하며 걱정스레 말했습니다.

조반니는,

'아, 그렇지. 우리 엄마는 저 멀리 먼지처럼 보이는 주황색 삼각표 근처에서 지금 내 생각을 하고 계시겠지' 하고 생각하며 멍하니 있었습니다.

"나는 엄마가 정말 행복해진다면 무슨 일이라도 할 수 있어. 그런데 도대체 어떻게 해야 엄마가 행복해질 수 있을까." 캄파넬라는 어째서인지 울음이 터져 나올 것을 힘껏 참고 있는 것 같았습니다.

"너희 엄마는 아무 힘든 일도 없잖아?" 조반니가 깜짝 놀라 외쳤습니다.

"난 몰라. 그치만 누구든 정말 착한 일을 하면 제일 행복할 거야. 그러니까 엄마가 날 용서해 줄 것 같아." 캄파넬라는 뭔가 큰 결심을 한 것 같아 보였습니다.

갑자기 차 안이 새하얗게 밝아졌습니다. 보니, 실로 다이아몬드나 풀의 이슬 같이 온갖 훌륭한 것들은 다 모아 놓은 듯이 눈부시게 반짝이는 은하수 강바닥 위를 물이 소리도 모양도 없이 흐르며, 그 흐름 한가운데 희미한 청백의 후광이 비쳐 나오는 한 섬이 보였습니다. 그 섬의 평평한 꼭대기에는 눈이 번쩍 뜨일 만큼 훌륭한 하얀 십자가가 세워져 있었습니다. 그것은 완전히 얼어붙은 북극의 눈으로 조각했다고 할 만큼 맑고 투명한 금색의 둥근 빛을 두르고 고요히, 언제까지고 서 있었습니다.

"할룰레야, 할룰레야." 앞에서도 뒤에서도 소리가 들려왔습니다. 뒤돌아보니 차량 객실 안에 있는 여행자들이 다들 똑바로 옷의 주름을 펴고 검은 성경을 가슴에 대거나, 수정으로 된 묵주를 돌리거나, 누구랄 것 없이 정성스레 손을 모으고 기도하고 있었습니다. 무심코 두 사람도 똑바로 일어섰습니다. 캄파넬라의 뺨은 마치 잘 익은 사과처럼 아름답게 빛나 보였습니다.

그리고 섬과 십자가는 점점 뒤쪽으로 옮겨졌습니다.

건너편 기슭도 푸르스름하게 빛나는 연기가 감돌고, 가끔씩 억새가 이번에도 바람에 술렁이는 듯 스윽 하고 그 은빛이 감돌아서 숨이라도 불어넣은 것처럼 보였습니다. 그리고 수많은 용담꽃잎이 숨거나 드러내는 모습은 우아한 여우불 같았습니다.

그것도 아주 잠시, 강과 기차의 사이는 억새 행렬에 가로막혔습니다. 백조白鳥의 섬은 겨우 두 번, 뒤쪽으로 보였다가 곧 점점 멀리 작아져서 그림처럼 되어 버렸고, 억새가 다시 술렁술렁 울어 대자 점점 완전히 보이지 않게 되어 버렸습니다. 조반니의 뒤에는 언제부터 타고 있었는지, 키가 크고 검은 장옷을 걸친 가톨릭 느낌의 수녀님이 더할 나위 없이 동그란 녹색 눈동자를 가만히 내리뜨며, 아직도 뭔가 말인지 목소리인지 저쪽에서 들려오는 것을 경건하게 듣고 있는 것처럼 보였습니다. 여행자들은 조용하게 자리로 돌아왔고, 두 사람은 가슴 가득하게 슬픔과 닮은 새로운 감정을, 아무렇지 않은 듯한 말로 살며시 주고받았습니다.

"이제 곧 백조 정거장이야."

"그래. 11시가 되면 도착하겠지."

어느새 녹색 신호 등불과 흐릿한 흰 기둥이 훌쩍 창밖을 지나쳤습니다. 그리고 유황의 불꽃처럼 보이는 어둡고 흐릿한 선로변환기 앞 등불이 창 아래를 지나자 기차는 점점 느려졌습니다. 곧 플랫폼에 일렬로 늘어선 전등이 일정한 간격으로 아름답게 나타났고, 그것이 점점 커지고 밝아지더니 두 사람은 백조 정거장의 큰 시계 앞에 딱 멈춰 섰습니다.

상쾌한 가을의 시계판에는 푸르게 달궈진 강철로 만든 바늘 두 개가 정확히 11시를 가리키고 있었습니다. 다들 한쪽으로 내려서 객실이 텅 비어 버렸습니다.

'20분 정차'라고 시계 아래 적혀 있었습니다.

"우리도 내려 볼까?" 조반니가 말했습니다.

"내리자."

둘은 단박에 일어나 문을 뛰쳐나간 뒤 개찰구로 달려갔습니다. 그런데 개찰구에는 밝은 보라색 전등이 하나 켜져 있을 뿐 아무도 없었습니다. 그곳 전체를 살펴도 역장이나 빨간 모자*같은 사람은 그림자조차 보이지 않았습니다.

두 사람은 정거장 앞에 있는, 수정으로 세공된 것 같은 은행나무로 둘러싸인 작은 광장으로 나왔습니다. 거기서 보이는 넓은 길이 똑바로 은하의 푸른빛 속으로 이어져 있었습니다.

---

* 정거장에서 수화물을 나르는 짐꾼.

먼저 내린 사람들은 벌써 어디로 갔는지 한 명도 보이지 않았습니다. 두 사람이 그 하얀 길을 어깨를 나란히 하고 가다 보니 두 그림자가 꼭 사방에 창문이 있는 집 안에 나란히 선 두 개의 기둥 그림자처럼, 또 바퀴 두 개의 바큇살처럼 몇 개나 되는 그림자가 사방으로 뻗어 있었습니다. 그리고 곧이어 기차에서 봤던 아름다운 강변에 도착했습니다.

캄파넬라는 그 깨끗한 모래를 한 줌 쥐어, 손바닥에 펼쳐서 손가락으로 사락사락 만지며 꿈꾸는 것처럼 말했습니다.

"이 모래는 다 수정이야. 안에 작은 불이 타오르고 있어."

"그렇지." 어디서 나는 그런 걸 배웠을까, 하고 생각하며 조반니도 멍하니 대답했습니다.

강변에 있는 자갈은 모두 투명했고, 정말 수정과 황옥 topaz 아니면 주름진 습곡처럼 생긴 것이거나 모서리에서 안개같이 푸르고 흰빛이 나는 강옥들이었습니다. 조반니는 강기슭으로 뛰어가 손을 물에 담갔습니다. 불가사의한 은하의 물은 수소보다 훨씬 투명했습니다. 하지만 분명히 흐르고 있었습니다. 두 사람의 손목에 부딪히며 흐른 물살이 아름다운 인광을 띠며 일렁일렁 불타는 듯이 보여 흐름을 알 수 있었습니다.

강 상류를 살펴보니, 억새가 가득 자라나 있는 벼랑 아래에 흰 바위가 마치 운동장처럼 평평하게 강을 따라 있었습니다. 거기에서 대여섯 명의 작은 사람 형체가 뭔가를 파내는 것인지 심는 것인지, 일어서거나 굽히거나 하는데 때로 무언가 도구도 반짝거렸습니다.

"가 보자." 두 사람은 함께 외치며 그쪽 방향으로 달려갔습니다. 그 하얀 바위가 솟아 있는 곳의 입구에는 '플라이오세 해안'이라는, 도자기처럼 반들반들한 안내판이 서 있었습니다. 건너편 물가에는 군데군데 가느다랗게 쇠로 만들어진 난간이 박혀 있고, 나무로 된 예쁜 벤치도 놓여 있었습니다.

"어라? 이상한 게 있어." 캄파넬라가, 신기하다는 듯이 멈춰 서서 바위에서 검고 가느다랗고 끝이 뾰족한 호두열매 같은 것을 주웠습니다.

"호두열매야. 봐, 엄청 많이 있어. 흘러내려 온 게 아니네. 바위 안에 들어 있어."

"크다. 이 호두 그냥 호두의 몇 배는 되겠어. 이건 상한 데가 하나도 없어."

"빨리 저기 가 보자. 분명 뭔가 캘 수 있을 거야."

두 사람은 오돌토돌하고 까만 호두열매를 집으며 바로 아까의 그 방향으로 다가갔습니다. 왼편의 물가에는 물결이 부드러운 번개처럼 타오르며 밀려오고 있었고, 오른쪽 절벽에는 온통 은이나 조개껍질로 만들어진 것 같은 억새 이삭이 물결치고 있었습니다.

계속 가까이 가 보니, 키가 훌쩍 크고 도수가 엄청나 보이는 근시용 안경을 쓰고 장화를 신은 학자 같은 사람이 보였습니다. 수첩에 뭔가를 매우 바쁘게 적으면서, 곡괭이를 휘두르고 작은 삽을 쓰기도 하는 조수처럼 보이는 세 사람에게 정신없이 지시를 내리고 있었습니다.

"그쪽에 그 돌기를 부수지 않게 조심해. 삽을 써, 삽을. 어이쿠, 좀 더 멀리서 파 봐. 안 돼, 안 돼. 왜 그렇게 함부로 하나."

살펴보니, 그 희고 부드러운 바위 안에 아주 크고 푸른 짐승의 뼈가, 옆으로 쓰러진 자세로 납작하게 눌린 채 반 이상 발굴되어 있었습니다. 그러고 보니 그쪽에는 발자국이 두 개 찍힌 바위가 사각으로 열 개쯤 깨끗하게 잘려 번호가 붙어 있었습니다.

"자네들은 견학을 온 건가." 그 학자 같은 사람이 안경을 반짝이며 이쪽을 보고 말을 걸었습니다.

"호두가 많지? 그건 대략 백이십만 년쯤 된 호두야. 아주 새것인 편이지. 여긴 백이십만 년 전 대략 제3기 후기에는 해안이었어. 이 밑에는 조개껍질도 출토되지. 지금 강이 흐르고 있는 곳에 똑같이 바닷물이 차올랐다 밀려 나갔었다네. 이 짐승은 말이야, 이건 '보스'라고 하는데, 어이, 거기 곡괭이는 치워. 조심조심 끌을 써서 작업해야 돼. '보스'라는 건 말이지, 지금 있는 소의 조상이야. 옛날에는 많이 살고 있었지."

"표본으로 만드는 건가요?"

"아니, 증명하기 위해서 필요해. 우리가 보기엔 이곳이 두껍고 훌륭한 지층이고, 백이십만 년 정도 전에 생겨났다는 증거가 여럿 있는데, 우리가 아닌 다른 이가 봤을 때 똑같이 지층으로 보일지, 아니면 바람이나 물, 텅 빈 공간으로 보일지 모르는 일이거든. 알겠나? 하지만 말이야. 어이, 어이, 거기도 삽으로 하면 안 돼. 거기 바로 아래 늑골이 묻혀 있을 거란 말이야." 학자는 황급히 달려갔습니다.

"이제 시간 다 됐어. 가자." 캄파넬라가 지도와 손목시계를 살피며 말했습니다.

"그래. 그럼 저희들은 이만 실례하겠습니다." 조반니는 정중하게 학자에게 인사했습니다.

"그런가. 그럼 잘 가게." 학자는 다시 바쁜 듯 여기저기 돌아다니며 감독하기 시작했습니다. 두 사람은 기차 시각에 늦지 않도록 그 흰 바위 위를 열심히 뛰었습니다. 정말 바람처럼 달렸습니다. 숨도 차지 않았고 무릎도 아프지 않았습니다.

이렇게 달릴 수 있다면 온 세상 곳곳으로 달려갈 수 있겠다는 생각이 들었습니다.

두 사람은 앞에 있는 강변을 지나치면서 개찰구의 전등이 점점 커져 가는 것을 보았습니다.

곧 두 사람은 기차 객실의 제자리에 앉아 방금 다녀온 방향을 창밖으로 바라보았습니다.

8
새를 잡는 사람

"여기 앉아도 될까요?"

거칠거칠하고, 하지만 친절할 것 같은 어른의 목소리가 조반니와 캄파넬라의 뒤에서 들려왔습니다.

너덜너덜한 갈색 외투를 입고 흰 천으로 감싼 짐을 둘로 나누어 어깨에 걸친, 빨간 수염이 나 있고 등이 굽은 사람이었습니다.

"네. 괜찮아요." 조반니는 어깨를 살짝 으쓱 하고 인사했습니다. 그 사람은 수염 사이로 어렴풋이 웃음을 보이며 짐을 천천히 그물 선반에 올려놨습니다. 조반니는 왠지 매우 쓸쓸하고 서러운 기분이 들어 잠자코 앞에 있는 시계를 바라보았습니다. 그러자 훨씬 앞쪽에서 유리 피리 같은 것을 부는 소리가 들려왔습니다. 기차는 이제 조용히 움직이기 시작했습니다.

캄파넬라가 객실 천장 이쪽저쪽을 둘러보고 있습니다. 그중 한 전등에 투구벌레가 붙어서 그 그림자가 천장에 크게 비쳐 보였습니다. 빨간 수염 아저씨는 어쩐지 그립다는 듯이 웃으며 조반니와 캄파넬라의 모습을 보고 있었습니다. 기차가 점점 빨라졌습니다. 억새밭과 강물이 번갈아 창밖을 반짝거리며 지나갔습니다.

붉은 수염을 한 사람이 조금 쭈뼛쭈뼛거리며 두 사람에게 물었습니다.

"당신들은 어디로 가고 있는 건가요?"

"어디까지든 갈 거예요." 조반니는 약간 어색하게 대답했습니다.

"그거 좋군. 이 기차는 참말 어디까지든 가니까."

"당신은 어디로 가는데요?" 캄파넬라가 갑자기 싸움을 걸 듯이 물어서 조반니는 엉겁결에 웃었습니다. 그러자 건너편 자리에 있던, 뾰족한 모자를 쓰고 허리춤에 큰 열쇠를 매단 사람도 흘끔 이쪽을 보고 웃는 바람에 캄파넬라도 어느새 얼굴이 빨갛게 물들어 웃기 시작했습니다. 그런데 그 사람은 딱히 화난 기색도 없이, 뺨을 실룩실룩거리며 대답했습니다.

"나야 바로 저기서 내리죠. 나는 새를 잡아서 장사한답니다."

"무슨 새를요?"

"학이나 기러기입니다. 백로와 백조도요."

"학이 많이 있나요?"

"있죠. 아까부터 울고 있네. 들리지 않았나요?"

"못 들었어요."

"지금이라도 들리지 않을까요? 자, 귀를 기울여서 들어보세요."

두 사람이 고개를 들고 귀를 기울였습니다. 덜컹덜컹 우는 기차의 울림과 억새에 부는 바람 소리 사이에 쿠룽쿠룽 하고 물이 솟아오르는 듯한 소리가 들려왔습니다.

"학은 왜 잡나요?"

"학이요? 아니면 백로요?"

"백로요." 조반니는 어느 쪽이든 상관없다고 생각하며 대답했습니다.

"그놈은, 어려울 것 없지. 백로라는 녀석들은 다들 하늘 강의 모래가 엉겨서 그냥 생기는 것들이니까요. 그리고 반드시 강으로 돌아오거든요. 강가에서 기다리다가, 백로가 모두 다리를 이렇게 하고 내려올 즈음, 땅에 닿을까 말까 할 때 딱 잡아 눌러 두면 돼요. 그럼 백로는 바로 딱딱해져서 안심하고 죽어요. 나머지는 뭐, 다 알겠지. 납작하게 눌러 놓으면 끝이에요."

"백로를 납작하게 눌러요? 표본처럼요?"

"표본이 아니에요. 다들 먹는 거예요."

"이상하네요." 캄파넬라가 고개를 갸웃했습니다.

"이상할 것도 수상할 것도 없어요. 봐요." 그 남자는 일어서더니 선반에서 꾸러미를 내려 재빠르게 데굴데굴 풀었습니다.

"자, 보세요. 지금 막 잡아 온 겁니다."

"정말 백로네." 조반니와 캄파넬라는 무심결에 외쳤습니다. 새하얀, 조금 전에 지난 북쪽 십자가처럼 빛나는 백로의 몸체가 열 마리 정도, 조금은 납작하게 되어서 까만 다리를 움츠리고 돋을새김된 조각처럼 나란히 있었습니다.

"눈을 감고 있네." 캄파넬라가 손가락으로 백로의 초승달 모양 같은, 감겨 있는 하얀 눈을 살짝 만져 보았습니다. 머리 위에는 창처럼 흰 깃털도 제대로 붙어 있었습니다.

"보세요, 맞지요?" 새 사냥꾼이 보자기를 접어서 다시 데굴데굴 말아 끈으로 묶었습니다. 이 근처에서는 도대체 누가 어떻게 백로를 먹는 걸까, 하고 생각하며 조반니가 물었습니다.

"백로가 맛있어요?"

"그럼요. 매일 주문이 들어와요. 하지만 기러기가 훨씬 잘 나갑니다. 기러기가 훨씬 몸집이 크고, 일단 손이 별로 안 가니까요. 봐요." 새 사냥꾼은 다시 다른 보따리를 풀었습니다.

그러자 노랗고 파르스름하게 얼룩덜룩한, 무슨 등불같이 빛나는 기러기가 꼭 아까 본 백로와 같이 부리를 가지런히 하고서 납작하게 나란히 누워 있었습니다.

"이놈은 바로 먹을 수 있어요. 자, 조금 먹어 볼래요?" 새 사냥꾼이 기러기의 노란 다리를 가볍게 당겼습니다. 그러자 초콜릿이라도 되는 것처럼 툭, 하고 깔끔하게 떨어졌습니다.

"어때요. 조금 먹어 봐요." 새 사냥꾼이 그것을 둘로 나눠 건넸습니다. 조반니는 살짝 먹어 보더니, '뭐지. 역시 이거 과자잖아. 초콜릿보다 훨씬 맛있기는 한데, 이런 기러기가 날아다닐 리가 없어. 이 아저씨는 어디 들판의 과자가게 아저씨겠네. 그런데 나도, 이 사람을 바보 취급하면서도 이 사람 과자를 먹고 있어. 너무 죄책감 들어' 하고 생각하며 여전히 그 과자를 오독오독 먹었습니다.

"더 먹어요." 새 사냥꾼이 다시 꾸러미를 꺼냈습니다. 조반니는 더 먹고 싶었지만,

"아뇨, 이제 그만 먹을게요. 감사합니다" 하며 사양했더니, 새 사냥꾼은 이번엔 건너편 자리에 앉은 열쇠를 찬 사람에게 내밀었습니다.

"이것 참, 파는 물건을 받아서 미안하네요." 그 사람은 모자를 벗었습니다.

"아닙니다. 천만에요. 올해 철새 경기는 어떻습니까?"

"그게 참 대단합니다. 그제 두 시쯤이었는데, 왜 등대의 불빛이 규칙적이지 [한 글자 공백] 않느냐고, 여기저기서 고장이 났냐며 전화가 왔어요. 웬걸, 우리가 잘못해서 그런 게 아니라 철새들이 시커멓게 모여서 불빛 앞을 지나가서 그런 건데 어쩔 도리가 없죠. 저야 '등신, 그런 불평은 나한테 해 봤자 어쩔 수 없어, 보송보송한 망토를 두르고 다리와 부리가 턱없이 가느다란 대장님한테 하시든가.' 이렇게 쏘아 줬죠. 하하."

억새밭을 지나고 나니 건너편 들판에서 확 불빛이 비쳐 들어왔습니다.

"백로는 왜 손이 많이 가나요?" 캄파넬라는 아까부터 그것이 궁금했습니다.

"그건 말이죠, 백로를 먹으려면," 새 사냥꾼이 이쪽으로 고쳐 앉으며 말했습니다.

"하늘의 강에서 나오는 물빛을 열흘 동안 쬐거나, 모래에 사나흘 묻어 놓지 않으면 안 되거든요. 그래야 수은이 다 증발해서 먹을 수 있게 된답니다."

"이건 새가 아닌데. 그냥 과자 아녜요?" 역시 똑같이 생각하고 있었다는 듯이 캄파넬라도 다부지게 물었습니다. 새 사냥꾼은 어쩐지 매우 당황한 표정으로,

"그렇군, 여기서 내려야 되는데" 하고 말하며 일어서서 짐을 집어 든다 싶더니, 벌써 사라져 버렸습니다.

"어디로 갔지?"

조반니와 캄파넬라가 마주 보고 궁금해 하자, 등대지기가 벙긋벙긋 웃더니 몸을 조금 뺄으며 두 사람의 옆에 있는 창밖을 내다봤습니다. 두 사람도 그쪽을 바라보자, 방금 전까지 있던 새 사냥꾼이 노랗고 파란, 온통 아름다운 인광을 빛내고 있는 강변의 떡쑥꽃밭에 서서 진지한 표정으로 두 팔을 벌려 지그시 하늘을 바라보고 있었습니다.

"저기 있어. 거 참 희한하네. 분명 또 새를 잡으려는 거겠지. 기차가 가기 전에 빨리 새가 내려오면 좋겠는데" 하고 말하자마자 텅 비어 있던 도라지색의 하늘에서 아까 봤던 백로가 마치 눈이 내리듯이 꺄욱꺄욱 외치며 가득하게 내려앉았습니다. 그러자 그새 사냥꾼이 딱 주문 들어온 만큼이라는 듯이 신이 나서 두 다리를 육십 도로 떡 벌리고 서서, 백로가 오므리고 내리는 까만 다리를 두 손으로 닥치는 대로 잡아 눌러면 자루 속으로 집어넣었습니다. 그러자 백로는 마치 반딧불이처럼 자루 속에서 잠깐 파랗게 깜빡깜빡 빛나다가 꺼지더니, 다들 부옇게 하얘져서 눈을 감았습니다. 그런데 잡힌 새보다는 잡히지 않고 무사히 하늘 강의 모래 위로 내려오는 새가 훨씬 많았습니다. 그 광경을 바라보니 다리가 모래에 닿을락 말락 하다가 눈 녹듯이 오므라들어 납작해지며, 순식간에 용광로에서 나온 구리물처럼 모래와 자갈 위에 퍼져 나갔습니다. 잠시 새의 형태가 모래에 새겨졌지만, 그것도 두세 번 밝아졌다가 어두워졌다가 하는 동안 완전히 주변과 똑같아져 버렸습니다.

새 사냥꾼은 스무 마리 정도 자루에 잡아넣자, 갑자기 두 팔을 펼쳐서 군인이 총알에 맞아 죽을 때와 같은 모습을 했습니다. 그러더니 어느새 새 사냥꾼의 모습이 사라지고, "하, 실컷 잡았다. 정말이지 형편에 딱 맞게 돈을 버는 것만큼 좋은 일이 또 있을까" 하는, 들은 적 있는 목소리가 조반니의 옆에서 들려왔습니다. 바라보니 거기에 새 사냥꾼이 벌써 잡아 온 백로를 깔끔하게 하나씩 겹쳐 놓고 있었습니다.

"어떻게 저기에서 한 번에 여기로 온 건가요?" 조반니가 어쩐지 당연한 듯도, 당연하지 않은 듯도 한 신기한 기분으로 물었습니다.

"어떻게라니, 오고 싶으면 오는 거죠. 대체 여러분은 어디서 오셨습니까?"

조반니가 바로 대답하려고 했는데, 어라, 도대체 어디서 왔는지 아무리 생각해도 떠오르지 않았습니다. 캄파넬라도 얼굴을 빨갛게 물들이며 뭔가를 떠올려 보고 있었습니다.

"아아, 멀리서 오셨군요." 새 사냥꾼이 알았다는 듯이 간단히 끄덕였습니다.

9
조반니의 표

"이제 여기쯤이 백조 구역의 끝입니다. 저기 보세요. 저게 그 유명한 알비레오의 관측소입니다."

창밖으로 마치 온통 불꽃놀이가 펼쳐진 것 같은 하늘의 강 한가운데에 까맣고 큰 건물 네 채가 서 있었습니다. 그중 한 건물의 평평한 지붕 위에는 눈이 번쩍 뜨일 것 같이 커다란 청보옥sapphire과 황옥topaz으로 된 투명한 구 두 개가 원형을 그리며 조용히 빙글빙글 돌고 있었습니다. 노란 것이 점점 멀어지고 파랗고 작은 것이 이쪽으로 다가와, 어느새 두 개의 구는 서로 겹쳐서 아름다운 녹색의 양면 볼록렌즈 모양을 만들더니, 그것도 점점 한가운데가 부풀어 올라 마침내 파란 것이 완전히 토파즈의 정면으로 와서 녹색의 중심을 하고 노랗게 빛나는 테두리가 생겼습니다. 그리고 또 점점 옆으로 비껴 가더니 아까 본 렌즈의 형태가 거꾸로 반복되며 마침내 완전히 떨어져, 사파이어가 건너편으로 돌아가고 노란 것이 이쪽으로 다가와서 다시 아까와 똑같은 모양이 되었습니다. 은하의 형태도 없고 소리도 없는 물에 감싸여, 그 새까만 관측소는 잠든 듯이 조용히 자리하고 있었습니다.

"저건 물의 속도를 재는 기계입니다. 물도……." 새 사냥꾼이 말하려는데,

"표를 보여 주십시오." 세 사람의 자리 옆에서 빨간 모자를 쓴, 키가 큰 차장이 어느새 우뚝 서서 말했습니다. 새 사냥꾼이 잠자코 호주머니에서 작은 종잇조각을 꺼냈습니다. 차장이 잠시 보더니 바로 눈을 돌려 '너희들은?' 하고 묻듯 손가락을 움직이며 조반니 일행에게 손을 내밀었습니다.

"저," 조반니가 당황해서 머뭇머뭇 하고 있는데, 캄파넬라는 아무 문제없다는 듯이 작은 암회색 표를 꺼냈습니다. 조반니가 허둥대며 혹시나 하고 윗옷 주머니에 들었나, 하며 손을 넣어 보니 크게 접은 종이가 손에 잡혔습니다. 이런 걸 언제 넣어 놨더라, 하고 생각하며 서둘러 꺼내 보았습니다. 그것은 네 겹으로 접은 엽서 정도 크기의 커다란 녹색 종이였습니다. 차장이 손을 내밀고 있어서 뭐라도 상관없으니 보여 주어야겠다 싶어 건넸습니다. 차장은 자세를 바로 하고 정중하게 그것을

펴 보았습니다. 그리고 종이를 읽으며 자꾸만 윗도리의 단추 따위를 바로잡거나 하고 등대지기도 밑에서 그것을 열심히 들여다보고 있어서, 조반니는 저것이 분명 증명서 같은 거라는 생각이 들어 가슴이 조금 뜨거워졌습니다.

"이건 삼차원 공간에서 가지고 온 겁니까?" 차장이 물었습니다.

"뭔지 모르겠어요." 이제 괜찮다는 생각에 안심한 조반니가 그쪽을 올려다보며 쿡쿡 웃었습니다.

"좋습니다. 남십자에 도착하는 건 다음 제3시쯤이 됩니다."

차장은 종이를 조반니에게 건네고 건너편으로 갔습니다.

캄파넬라는 그 종이쪽지가 무엇인지 궁금해 더는 기다리지 못하겠다는 듯이 서둘러 들여다보았습니다. 조반니도 빨리 보고 싶었습니다. 그런데 그것은 검은 덩굴무늬가 빼곡히 있고, 그 안에는 이상한 열 글자 정도의 글씨가 인쇄되어 있었습니다. 가만히 보고 있자니 왠지 그 속으로 빨려 들어가는 기분이 들었습니다. 그러자 새 사냥꾼이 옆에서 흘끔 그것을 보고 깜짝 놀라며 말했습니다.

"와, 이거 굉장한데요? 이건 글쎄, 진짜 하늘나라까지도 갈 수 있는 표예요. 하늘나라 어디가 아니고, 어디든 마음대로 갈 수 있는 통행권이랍니다. 이걸 가지고 있다니 그것 참, 이런 불완전한 환상幻想 제4차 은하철도 정도는 어디라도 갈 수 있겠네요. 여러분은 정말 대단하군요."

"뭔지 모르겠어요." 조반니가 빨갛게 익은 얼굴로 답하며 그것을 다시 접어 주머니에 넣었습니다. 그리고 겸연쩍어져서 캄파넬라와 둘이서 다시 창밖을 바라보았습니다. 그 새 사냥꾼이 가끔씩 굉장하다는 표정으로 이쪽을 힐끔힐끔 쳐다보는 것이 어렴풋하게 느껴졌습니다.

"이제 곧 독수리 정거장이야." 캄파넬라가 건너편 강기슭에 자그맣게 나란히 서 있는 푸른 삼각표 세 개와 지도를 비교해 가며 보다가 말했습니다.

조반니는 왠지 모르게 갑자기 곁에 있는 새 사냥꾼이 안쓰러워졌습니다. 백로를 잡아 신이 나서 기뻐하며, 흰 천으로 그것을 둘둘 감싸 놓고, 남의 표를 깜짝 놀라 곁눈질로 보며 칭찬하는, 그런 모습들을 하나하나 생각하니, 조반니는 생전 처음 본 이 새 사냥꾼을 위해 가진 것이든 먹을 것이든 뭐든 다 주고 싶어졌습니다. 또 이 사람이 정말 행복해 질 수 있다면 자신이 저 빛나는 하늘의 강가에 서서 백 년 동안 새를 잡아 주어도 좋을 것 같은 기분이 들어서 도저히 가만히 있을 수 없었습니다. 정말로 바라는 게 무엇인지 물으려다가, 그러면 너무 갑작스러운 질문 같아 어떻게 할까 생각하다가 돌아보니 그 새 사냥꾼은 더 이상 그 자리에 없었습니다. 선반 위에 있던 흰 꾸러미도 보이지 않았습니다. 또 창밖에 우뚝 서서 하늘을 올려다보며 백로를 잡을 준비를 하고 있나 해서 서둘러 그쪽을 봤지만 밖은 온통 아름다운 모래와 흰 억새의 물결뿐, 그 새 사냥꾼의 넓은 등이나 뾰족한 모자는 보이지 않았습니다.

"그 사람 어디로 갔지?" 캄파넬라도 멍하니 그렇게 말했습니다.

"어디로 갔을까? 대체 어디서 또 볼 수 있지? 나 그 사람이랑 조금이라도 더 말을 해 볼걸 그랬어."

"응, 나도 그래."

"나는 그 사람을 귀찮아했어. 그래서 너무 괴로워." 조반니는 이런 이상한 기분을 느낀 것이 처음이었고, 지금껏 이런 말을 꺼내 본 적도 없었습니다.

"어쩐지 사과 냄새가 나네. 내가 지금 사과 생각을 해서 그런가?" 캄파넬라가 신기하다는 듯이 주변을 둘러봤습니다.

"진짜 사과 냄새가 나. 그리고 찔레꽃 냄새도 나." 조반니도 그쪽을 쳐다보니, 아무래도 창밖에서 흘러들어온 냄새 같았습니다. 지금은 가을이라 찔레꽃 향기가 날 리가 없다고 조반니는 생각했습니다.

그러자 갑자기 그곳에, 반질반질한 검은 머리카락을 한 여섯 살쯤 된 남자아이가 빨간 재킷을 입고 단추도 채우지 않은 채, 매우 놀란 표정으로 맨발로 오들오들 떨며 서 있는 것이 보였습니다. 옆에는 검은 양복을 반듯하게 입은 키가 큰 청년이 바람에 잔뜩 휩싸인 느티나무 같은 자세로 남자아이의 손을 꼭 잡고 서 있었습니다.

"어? 여긴 어디지? 어머 예뻐라." 청년의 뒤쪽에도 열두 살쯤 되어 보이는, 갈색 눈동자를 한 귀여운 여자아이가 검은 외투를 입고 청년의 팔에 매달려 신기하다는 듯이 창밖을 보고 있었습니다.

"응, 여긴 랭커셔야. 아니 코네티컷 주야. 아니, 아아, 우리가 하늘로 왔나 보다. 우리는 하늘나라로 가고 있어. 보렴, 저 표시는 하늘나라의 표시란다. 이제 무서울 일은 아무것도 없어. 하나님이 우릴 부르신 거야." 검은 옷의 청년이 기쁨으로 얼굴을 반짝이며 그 여자아이에게 말했습니다. 하지만 어째서인지 다시 이마에 깊은 주름을 보이며 매우 피곤한 듯이 억지로 웃고는, 남자아이를 조반니의 옆에 앉혔습니다.

그리고 여자아이에게는 상냥하게 캄파넬라의 옆자리를 가리켰습니다. 여자아이는 유순하게 그 자리에 앉아 두 손을 단정히 모았습니다.

"나는 큰누나가 있는 곳에 가는 거야." 남자아이는 앉자마자 묘한 표정을 지으며 등대지기의 맞은편 자리에 막 앉은 청년에게 말했습니다. 청년이 뭐라 말할 수 없이 슬픈 표정을 지으며 물끄러미 그 아이의 젖은 곱슬머리를 바라보았습니다. 여자아이는 갑자기 두 손을 얼굴에 대고 훌쩍훌쩍 울기 시작했습니다.

"아빠랑 키쿠요 누나는 아직 할 일이 이것저것 많단다. 하지만 머지않아 뒤따라올 거야. 그보다 어머님이 얼마나 오래 기다리고 계셨을까. '우리 소중한 타다시는 지금 무슨 노래를 부르고 있을까. 눈이 내리는 아침에 모두 손을 잡고 빙글빙글 딱총나무 덤불을 돌며 놀고 있을까' 하고 정말 걱정하며 기다리고 계실 거야. 그러니 빨리 어머님을 뵈러 가자."

"응. 하지만 난 배에 타지 말 걸 그랬어."

"그래. 그래도. 보렴. 저기, 어떠니? 저 멋진 강. 어때? 저기가 그 여름날에, 〈반짝반짝 작은 별〉을 부르면서 잘 때 늘 창밖에서 뽀얗고 희게 보이던 곳 있지? 저기란다. 봐. 예쁘지? 저렇게 반짝거리고 있어."

울고 있던 누나도 손수건으로 눈을 닦으며 바깥을 보았습니다. 청년이 달래듯이 가만히 남매에게 다시 말했습니다.

은하철도의 밤

"우리는 이제 슬퍼할 일이 전혀 없어. 우리는 이렇게 좋은 곳을 여행하다가 곧 하나님이 계신 곳으로 가는 거야. 거기는 참 밝고 향긋하고, 좋은 사람들이 많은 곳이란다. 그리고 우리 대신 보트에 탄 사람들은 다들 반드시 구조되어서, 걱정하며 기다리는 각자의 아버지나 어머니가 계신 집으로 돌아갈 거야. 자, 이제 곧 도착하니까 기운 내서 즐겁게 노래하면서 가자." 청년은 남자아이의 젖은 검은 머리카락을 쓰다듬으며 두 아이를 달랬습니다. 청년의 얼굴색도 점점 밝아졌습니다.

"어디에서 오셨습니까? 무슨 일이 있으셨나요?" 아까부터 듣던 등대지기가 조금은 알겠다는 듯이 청년에게 물었습니다. 청년은 아련히 웃었습니다.

"그게, 빙산에 부딪쳐서 배가 가라앉았습니다. 우리는 이 아이들의 아버님이 급한 용무로 두 달 전에 먼저 본국으로 들어가시게 되어서 나중에 출발했고요. 저는 대학교에 다니고, 가정교사로 고용되어 있었습니다. 그런데 출발한 지 딱 12일째, 오늘인가 어제였습니다. 배가 빙산에 충돌해 한편으로 기울어서 침몰하게 되었습니다. 달빛이 희미했고 안개가 아주 짙었습니다. 하지만 구명보트는 좌현이 이미 파손되어 도저히 모두 탈 수 없었습니다. 그동안에도 배는 계속 가라앉았고, 저는 필사적으로 어떻게든 이 작은 아이들을 태워 달라고 외쳤습니다. 가까이 있던 사람들이 곧 길을 터 주고 아이들을 위해 기도해 주었습니다. 하지만 거기서 보트까지 가는 중에도 아직 작은 아이들과 부모가 많았고, 아무래도 그들을 밀쳐 낼 용기가 나지 않았습니다. 그래도 저는 어떻게든 이 아이들을 살리는 것이 의무라고 생각했기 때문에 앞에 있는 아이들을 밀쳐 보려 했습니다. 하지만 또 그렇게 살릴 바에야 이대로 하나님 앞에 함께 가는 것이 정말 이 아이들의 행복이라고도 생각했습니다. 그다음에는 또 하나님을 거역한 죄는 저 혼자 짊어질 테니, 무슨 일이 있어도 구하려고도 생각했습니다. 그렇지만 아무리 봐도 그게 불가능했습니다. 아이들만 보트 안으로 보내고 엄마는 미친 듯이 키스를 보내는 것이나, 아빠가 슬픔을 억누르고 똑바로 서 있는 모습들을 보고 억장이 무너지는 것 같았습니다. 그사이에 배는 쑥쑥 가라앉아서, 저는 결국 이 아이 둘을 꼭 안고서 떠 있을 수 있을 때까지는 떠 있자고 굳게 마음먹고 배가 가라앉기를 기다렸습니다. 누군가 던진 구명부표가 하나 날아왔지만 미끄러져서 저 멀리 가 버렸습니다. 저는 죽을힘을 다해 갑판의 난간을 뜯어 내서 셋이 그걸 붙잡고 버티고 있었습니다. 어디선지 [약 두 글자 공백] 번 찬송가 소리가 들려왔습니다. 그러자 다들 각각의 나라말로 함께 노래했습니다. 그때 갑자기 커다란 소리가 나며 우리는 물에 빠졌고 소용돌이에 휩쓸렸다고 생각하면서 이 아이들을 꼭 끌어안았는데, 그때부터 정신이 멍해지는가 싶더니 이곳에 와 있었습니다. 이 아이들의 어머니는 재작년에 돌아가셨습니다. 네, 보트는 분명 구조되었을 겁니다. 숙련된 선원들이 노를 저어 재빨리 배에서 떨어졌으니까요."

그즈음에 작은 기도 소리가 들려오자 조반니도 캄파넬라도 지금까지 잊고 있던 여러 가지 것을 어렴풋이 떠올리며 눈시울이 뜨거워졌습니다.

'아, 그 넓은 바다는 태평양이라는 바다가 아니었을까. 그 빙산이 흐르는 북쪽 끝 바다에서 누군가 작은 배를 타고 바람과 얼어붙은 바닷물과 극심한 추위와 열심히 싸워 가며 힘을 내고 있겠지. 나는 그 사람이 너무 불쌍하고 또 안쓰러운 마음이 들어. 내가 그 사람의 행복을 위해 대체 어떤 일을 해야 할까.' 조반니는 고개를 숙인 채 몹시 우울해했습니다.

"무엇이 행복인지는 모르겠습니다. 정말 어떤 괴로운 일조차도 그것이 옳은 길로 나아가는 속에서 생기는 거라면, 언덕을 올라가든 내려가든 모두 다 진짜 행복에 한 발짝씩 가까워지는 거겠지요."

등대지기가 위로해 주었습니다.

"그래요. 맞습니다. 그저 최고의 행복에 이르기 위해 겪는 갖가지 슬픔도 모두 하나님의 뜻입니다."

청년은 기도하듯이 그렇게 대답했습니다.

그리고 그 남매는 피로에 지쳐 둘 다 의자에 축 늘어져 잠들었습니다. 아까는 맨발이었던 발에 어느새 하얗고 보드라운 신이 신겨 있었습니다.

덜컹덜컹, 덜컹덜컹. 기차가 휘황찬란한 인광이 빛나는 강가를 달려갔습니다. 건너편 쪽 창문을 보니 들판이 마치 슬라이드 영상처럼 보였습니다. 수백, 수천의 각양각색의 작은 삼각표, 그중 큰 것의 위에는 빨간 점들이 찍힌 측량기도 보였고, 들판 끝에는 그것들이 한가득 옹기종기 모여서 흐릿한 청백색의 안개처럼 보였습니다. 거기서인지 아니면 훨씬 더 먼 곳에서인지는 모르겠지만 이따금 여러 모양의 어렴풋한 봉화 같은 것이 예쁜 도라지빛 하늘로 번갈아 피어올랐습니다. 너무도 투명하고 예쁜 바람에서는 장미 향기가 흠뻑 났습니다.

"어때요? 이런 사과는 처음이죠?" 건너편 자리에 있는 등대지기가 어느새 금색과 빨간색으로 아름답게 아롱진 커다란 사과들을 무릎 위에 놓고 떨어뜨리지 않도록 두 손으로 꼭 감싸고 있었습니다.

"아니, 어디서 난 거죠? 굉장하군요. 여기서는 이런 사과가 나나요?" 청년은 정말로 놀란 듯이 등대지기의 두 손에 있는 한아름의 사과를 눈을 가늘게 뜨고 고개를 갸웃거리며 넋을 잃고 쳐다보았습니다.

"자, 아무튼 드세요. 어서 드세요."

청년이 하나 받고는 조반니 일행이 있는 쪽을 보았습니다.

"저, 그쪽 도련님들. 어떻습니까. 받으세요."

조반니는 도련님이라는 말에 조금 기분이 상해 잠자코 있었지만 캄파넬라는 "고마워요" 하고 말했습니다. 그러자 청년이 직접 사과를 들고 두 사람에게 하나씩 전해 주어 조반니도 일어서서 고맙다고 했습니다.

겨우 양팔이 가벼워지자 등대지기는 이번에는 직접 하나씩 곤히 자고 있는 남매의 무릎에 살짝 내려놓았습니다.

"정말 고마워요. 어디서 구하는 것인가요? 이렇게 좋은 사과는."

청년이 찬찬히 바라보며 말했습니다.

"이 주변에서도 당연히 농사를 짓긴 하지만, 대개 좋은 열매가 저절로 나도록 예정이 되어 있습니다. 농사도 그렇게 뼈빠지게 힘들진 않아요. 대부분 자신이 원하는 씨앗만 뿌리면 저절로 부쩍부쩍 자라지요. 쌀도 태평양 근처처럼 쭉정이도 없고 열 배나 크고 향기도 좋은 것입니다. 그런데 당신들이 가는 곳에서는 농사를 짓지 않습니다. 사과도 과자도 한 점 부스러기조차 남지 않고 모든 사람마다 다른 희미한 향기가 되어서 털구멍으로 사라져 버립니다."

갑자기 남자아이가 눈을 반짝 뜨고 말했습니다.

"아, 나 지금 엄마 꿈을 꿨어. 엄마가 있지, 멋진 찬장과 책이 있는 곳에 사는데, 내가 있는 쪽을 보고 손을 내밀며 방실방실 방긋방긋 웃었어. 내가 '엄마, 사과를 주워다 드릴까요?' 하고 말했더니 눈이 떠져 버렸어. 아, 여긴 아까 그 기차 안이네."

"그 사과가 거기 있단다. 이 아저씨께서 주셨어."

청년이 말했습니다.

"고마워요, 아저씨. 어라, 카오루 누나는 아직 자네. 내가 깨울 테야. 누나, 이거 봐. 사과를 받았어. 일어나."

누나는 웃으며 일어나 눈이 부시다는 듯이 두 손으로 눈을 가렸다가 사과를 보았습니다. 남자아이는 마치 파이를 먹는 것처럼 재빠르게 먹어치웠습니다. 또 모처럼 예쁘게 깎았던 그 껍질도 빙글빙글 코르크 따개 같은 모양이 되어 바닥에 떨어지는 동안 스윽, 하고 회색으로 빛나더니 증발해 버렸습니다.

조반니와 캄파넬라는 사과를 소중히 주머니에 넣었습니다.

강 건너 저편 기슭에는 푸르게 우거진 큰 숲이 보였습니다. 그 나뭇가지에는 잘 익어서 빨갛게 빛나는 동그란 열매가

은하철도의 밤

가득했고 그 숲 한가운데에는 높디높은 삼각표가 서 있었는데, 숲속에서는 오케스트라 벨과 실로폰 소리가 섞여 뭐라 할 수 없이 아름다운 음색이 녹아들듯 스며들듯 바람에 실려 흘러나오고 있었습니다.

청년이 깜짝 놀라 몸을 떨었습니다.

잠자코 그 음색을 듣다 보니 노란색과 옅은 녹색으로 빛나는 카펫 같은 들판이 그 근처에 펼쳐져 있고, 새하얀 밀랍 같은 이슬이 태양 표면을 스쳐 지나가는 듯한 느낌이 들었습니다.

"어머, 저기 까마귀."

캄파넬라의 곁에서 카오루라 불리는 여자아이가 외쳤습니다.

"까마귀가 아니야. 모두 다 까치야."

캄파넬라가 또 아무렇지 않게 나무라듯이 외쳐서, 조반니는 무심코 웃음을 지었고 여자아이는 겸연쩍어했습니다. 강변에 완연히 비치고 있는 푸른빛 위를 검은 새 무리가 줄지어 머물며 강에서 비쳐 나오는 희미한 빛을 가만히 받고 있습니다.

"까치로구나. 머리 뒤에 깃털이 삐죽 뻗어 있으니까." 청년이 달래듯이 말했습니다.

건너편 푸른 숲속에 있던 삼각표는 어느새 기차 바로 앞으로 와 있었습니다. 그때 기차 한참 뒤쪽에서 귀에 익은 [약 두 글자 공백]번 찬송가의 가락이 들려왔습니다. 제법 많은 사람들이 합창을 하는 모양이었습니다. 청년의 안색이 순간 창백해지더니, 일어서서 그쪽으로 가려다가 단념하고 다시 앉았습니다. 카오루는 손수건으로 얼굴을 가리고 있었습니다. 조반니까지도 왠지 코가 시큰해졌습니다. 언제랄 것도 누구랄 것도 없이 그 노래를 불러 소리가 점점 또렷해졌습니다. 조반니도 캄파넬라도 무심코 함께 노래하기 시작했습니다.

그리고 푸른 감람나무 숲이 보이지 않는 하늘의 강 저편에서 하염없이 빛나며 점점 뒤로 물러나 버리자, 거기서 흘러나오던 신비로운 악기 소리도 이제 기차 기적 소리나 바람 소리에 닳아 희미해져 갔습니다.

"아, 공작이 있어."

"그래, 많이 있네." 여자아이가 대답했습니다.

조반니는 작아지고 작아져서 지금은 녹색 조개단추 한 알처럼 보이는 숲 위에서 이따금 번뜩번뜩 푸르게 빛이 나는, 공작이 날개를 펼쳤다 접었다 할 때마다 빛이 반사되는 모습을 보았습니다.

"맞아, 공작새 소리가 아까 들렸어." 캄파넬라가 카오루에게 말했습니다.

은하철도의 밤

"응. 분명 서른 마리 정도는 있나 봐. 하프처럼 들리는 소리가 다 공작 소리야." 여자아이가 대답했습니다. 조반니는 갑자기 뭐라 말할 수 없이 서글픈 마음이 들어서 무심결에,

"캄파넬라, 여기서 뛰어내려서 놀다 오자" 하고 굳은 얼굴로 말하고 싶을 정도였습니다.

강이 둘로 나뉘었습니다. 그 깜깜한 섬 한가운데에 높디높은 망루가 하나 만들어져 있었습니다. 그 위에는 헐렁한 옷을 입고 빨간 모자를 쓴 남자가 하나 서 있었습니다. 그리고 두 손에 빨간색과 파란색 깃발을 들고 하늘을 올려다보며 신호를 보내고 있었습니다. 조반니가 보는 동안 그 사람은 줄곧 빨간 깃발을 흔들고 있었습니다만, 갑자기 빨간 깃발을 내려 뒤로 숨기는 듯싶더니 파란 깃발을 높이높이 들어 마치 오케스트라의 지휘자처럼 격정적으로 흔들었습니다. 그러자 공중에서 쏴아 하고 빗소리 같은 소리가 들리며 무슨 시커먼 것이 수도 없이 덩어리를 이뤄 총알처럼 강 건너로 날아갔습니다. 조반니는 엉겁결에 창문으로 몸을 반쯤 내밀어 그쪽을 올려다보았습니다. 아름답고 아름다운 도라지색의 공활한 하늘 아래 정말 수만 마리의 작은 새들이 무리무리 떼를 지어서 각각 바쁘게 울며 지나가고 있었습니다.

"새가 날아가고 있어." 조반니가 창 바깥에서 말했습니다.

"어디?" 캄파넬라도 하늘을 보았습니다. 그때 전망대 위에 있던 헐렁한 옷을 입은 남자가 갑자기 빨간 깃발을 들어 미친 듯이 흔들었습니다. 그러자 새 떼가 팍 하고 멈추더니 동시에 챙 하고 무언가 깨지는 소리가 강 아래에서 났습니다. 그리고 잠깐 조용해졌습니다. 그러자 아까 그 빨간 모자를 쓴 신호수가 다시 파란 깃발을 흔들며 외쳤습니다.

"지금이 건널 때야, 철새들아! 지금이 건널 때야!" 그 목소리도 확실히 들려왔습니다. 그와 함께 다시 몇만 마리의 새 떼가 하늘을 똑바로 가로지르기 시작했습니다. 조반니와 캄파넬라가 고개를 내밀고 있던 가운데 창문으로 그 여자아이도 고개를 내밀고 어여쁜 볼을 빛내며 하늘을 올려다보았습니다.

"어머, 새가 정말 많다. 세상에 하늘이 너무 예뻐." 여자아이가 조반니에게 말을 걸었지만, 조반니는 건방지다는 생각이 들어 잠자코 입을 다문 채 하늘을 바라보았습니다. 여자아이가 작게 한숨을 내쉬고 가만히 자리로 돌아갔습니다. 캄파넬라가 안쓰럽다는 얼굴로 창밖에 내밀었던 고개를 안으로 들이고 지도를 보았습니다.

"저 사람이 새들에게 가르쳐 주는 걸까?" 여자아이가 살짝 캄파넬라에게 물었습니다.

"철새들에게 신호를 하는 거야. 분명 어디선가 봉화를 올려서 그럴 거야." 캄파넬라가 조금 막연하게 대답했습니다. 그리고 기차 안은 조용해졌습니다. 조반니는 이제 머리를 들이려 했지만, 밝은 곳으로 얼굴을 내놓기가 괴로워 잠자코 그대로 서서 휘파람을 불고 있었습니다.

'어째서 나는 이렇게나 슬픈 걸까. 지금보다 마음가짐을 맑고 크게 가져야겠어. 저쪽 강기슭 너머 멀리 마치 연기처럼 작고 푸른 불꽃이 일렁이고 있구나. 정말 고요하고 차가워. 저걸 잘 보며 마음을 다잡고 가라앉혀야겠어.' 조반니는 화끈거리는 아픈 머리를 두 손으로 꾹 감싸며 그쪽을 보고 있었습니다. '아, 정말 언제까지고 나와 함께 갈 사람이 없는 걸까. 캄파넬라도 저런 여자아이와 재미있다는 듯이 이야기하고 있어. 마음이 정말 아프다.' 조반니의 눈에 다시 눈물이 가득 차오르니, 하늘의 강도 마치 멀리 가 버린 것처럼 희부옇게 보일 뿐이었습니다.

그때 기차는 점점 강에서 멀어지며 벼랑 위를 지나고 있었습니다. 건너편 기슭의 검은 절벽 역시 강을 따라 내려갈수록 점점 높아져 갔습니다. 그리고 언뜻 커다란 옥수수 줄기가 보였습니다. 그 잎은 또르르 말려 있고 잎 아래에는 예쁜 녹색 커다란 옥수수자루가 붉은 털을 내뻗으며 진주알 같은 열매를 살며시 보이고 있었습니다. 그것이 점점 수가 늘어나더니,

어느덧 절벽과 기찻길 사이에 줄지어 있었습니다. 조반니가 무심코 고개를 창 안쪽으로 들여 건너편 창문을 바라보니, 아름다운 하늘과 들판의 지평선 거의 끝까지 키 큰 옥수수가 가득 심겨 사각사각 바람에 흔들거리고 있었습니다. 구부러진 그 탐스러운 잎 끝에는 한낮의 햇빛을 듬뿍 머금은 다이아몬드 같은 이슬이 총총 붙어서 붉은빛과 초록빛으로 반짝거리며 타오르고 있었습니다. 캄파넬라가 "어, 옥수수다" 하고 조반니에게 말을 걸었습니다. 그렇지만 조반니는 아무래도 기분이 나아지지 않아서 그저 먼 들판을 보며 무뚝뚝하게 "그렇구나" 하고만 답했습니다. 그때 기차가 점점 조용해졌습니다. 신호등과 선로변환기의 등불을 몇 개 지나치더니 작은 정거장에 멈춰 섰습니다.

정면의 푸르스름한 시계가 딱 제2시를 가리키고 있었습니다. 그 시계추는 바람도 멎고 기차도 멈춰 조용하고 조용해진 들판 속에서 째깍째깍 바르게 시간을 헤아려 가고 있었습니다.

그리고 딱 그 시계추 소리 틈으로 멀고 먼 들판 끝에서 희미하고 희미하게 실낱 같은 선율이 흘러나오고 있었습니다. "신세계 교향곡이다." 여자아이가 혼잣말처럼 이쪽을 보며 작게 말했습니다. 이제 기차 안은 완전히 그 검은 옷의 키 큰 청년도 다른 사람들도 다들 곱게 꿈을 꾸고 있었습니다.

'이렇게 조용하고 좋은 곳에서 나는 왜 신이 나지 않는 걸까. 왜 나 혼자 이토록 외로운 거지. 그렇지만 캄파넬라도 너무하잖아. 나와 함께 기차에 탔으면서 저런 여자아이하고만 이야기하고 있는걸. 난 너무 괴로워.' 조반니는 또 두 손으로 얼굴을 반쯤 가리듯이 하고서 건너편 창밖을 바라보았습니다. 투명한 유리 같은 호각 소리가 울리며 기차가 조용히 움직이기 시작했습니다. 캄파넬라도 쓸쓸히 〈별 순례의 노래〉를 휘파람으로 불었습니다.

"맞아요, 맞아요. 이제 아주 높은 고원에 접어들었으니까요." 뒷자리에서 누군가 나이가 많은 듯한 사람이 지금 눈을 뜬 것처럼 카랑카랑한 목소리로 이야기하고 있었습니다.

"옥수수도 막대로 두 척尺*이나 깊이 구멍을 파고 심지 않으면 안 자란답니다."

"그래요? 강까지 상당히 멀리 떨어져 있나 보네요."

"맞아요, 맞아요. 강까지 이천 척에서 육천 척이나 떨어져 있거든요. 아주 험한 협곡이에요."

'그래, 맞아. 여긴 콜로라도 고원이 아닐까?' 조반니는 문득 그런 생각이 들었습니다. 캄파넬라는 아직도 쓸쓸하게 혼

---

* 1척은 약 30.3cm.

자 휘파람을 불고 있었고, 여자아이는 마치 비단으로 감싼 사과 같은 얼굴빛으로 조반니가 보는 방향을 보고 있었습니다. 갑자기 옥수수가 사라지더니 크고 검은 들판이 넓다랗게 펼쳐졌습니다. 이윽고 신세계 교향곡이 지평선 끝에서부터 또렷하게 퍼져 나가는 그 새까만 들판 속을, 인디언 한 사람이 흰 새의 날개깃을 머리에 꽂고 팔과 가슴 가득 돌로 잔뜩 장식하고서 작은 활시위에 화살을 메기며 쏜살같이 기차를 따라오고 있었습니다.

"와, 인디언이에요. 인디언이에요. 보세요."

검은 옷을 입은 청년도 눈을 떴습니다. 조반니도 캄파넬라도 일어났습니다.

"달려오네. 어머, 달려오고 있어. 쫓아오는 건가요?"

"아냐. 기차를 따라오는 건 아닌 것 같아. 사냥을 하거나 춤을 추고 있는 거겠지."

청년이 지금 어디인지 잊은 것처럼 주머니에 손을 넣고 일어서면서 말했습니다.

실제로 인디언은 반쯤은 춤을 추는 것 같았습니다. 일단 달리는 발놀림이 별로 효율적이진 않았고, 애초부터 본격적으로 달리는 것 같지는 않았습니다. 갑자기 새하얀 그 깃털이 앞으로 쓰러지나 싶더니 인디언은 우뚝 멈춰 서며 재빠르게 하늘을 향해 활을 당겼습니다. 하늘에서 학 한 마리가 팔락팔락 하며, 다시 달리기 시작한 인디언의 크게 뻗은 두 손으로 떨어져 내렸습니다. 인디언은 기쁜 듯이 웃으며 서 있었습니다. 학을 들고 이쪽을 보는 인디언의 그림자도 어느덧 작아지고 멀어지더니, 전신주의 애자*가 반짝반짝 두 번 연이어 빛나자 또 옥수수가 울창한 밭이 나타났습니다. 이쪽 창문을 보니 기차는 높고 높은 벼랑 위를 달려가고 있었습니다. 그 계곡 바닥에는 밝은 물이 넓게 흘러가고 있었습니다.

"맞아요, 이제 내리막입니다. 아무래도 이번에는 단번에 저 수면까지 내려가니까 쉬운 일은 아닙니다. 이 경사가 심해서, 기차가 절대 반대편에서 이쪽으로 오진 않습니다. 봐요, 점점 빨라지죠?" 아까 그 노인의 목소리가 들렸습니다.

칙칙폭폭 기차는 내려갔습니다. 철길이 절벽을 따라 이어질 때는 아래로 강이 밝게 보였습니다. 조반니는 점점 마음이 밝아졌습니다. 기차가 작은 오두막 앞을 지나는데 그 앞에 작은 아이 하나가 덩그러니 서서 이쪽을 보고 있어서 무심결에 "와!" 하고 소리쳤습니다.

칙칙폭폭 기차는 달려갔습니다. 객실에 있는 사람들은

---

* 애자(碍子): 전선을 지탱하고 절연하기 위하여 전봇대에 다는 기구.

미야자와 겐지

뒤로 몸을 반쯤 누이고 의자를 꼭 붙잡고 있었습니다. 조반니는 엉겁결에 캄파넬라와 함께 웃었습니다. 그리고 이제 하늘의 강은 지금까지 기차의 바로 곁을 어지간히 세차게 흘러온 듯 이따금 반짝거리며 흐르고 있었습니다. 강변에는 발그레한 패랭이꽃이 여기저기 피어 있었습니다. 점차 기차가 달리는 속도가 느려졌습니다.

건너편의 이쪽 강기슭에 별 모양과 곡괭이를 그린 깃발이 걸려 있었습니다.

"저게 무슨 깃발이지?" 조반니가 드디어 입을 열어 말했습니다.

"글쎄, 잘 모르겠어. 지도에도 없는걸. 쇠로 만든 배가 있는데?"

"그러게."

"다리를 놓는 게 아닐까?" 여자아이가 말했습니다.

"아, 저건 공병대의 깃발이구나! 가교를 놓는 훈련을 하는 거야. 그런데 군인의 모습은 안 보이는데."

그때 건너편 기슭 근처의 하류 쪽에서 보이지 않는 하늘의 강물이 번쩍 하고 빛을 내며 기둥처럼 높이 솟아오르더니 쿵 하는 격렬한 소리가 들려왔습니다.

"발파한 거야! 발파!"

캄파넬라가 팔짝팔짝 뛰어올랐습니다.

그 기둥 같은 물줄기가 보이지 않게 되자, 커다란 연어와 송어가 흰 배를 반짝거리며 허공에 내동댕이쳐졌다가 둥근 원을 그리며 다시 물로 떨어졌습니다. 조반니는 이제 뛰어오르고 싶을 정도로 마음이 가벼워져서 말했습니다.

"하늘의 공병대야. 세상에, 송어가 꼭 이렇게 솟구쳐 올랐어! 나 이렇게 신나는 여행은 처음이야. 좋다."

"저 송어는 가까이서 보면 이만하겠다. 물고기가 아주 많은가 봐. 이 물속에는."

"작은 물고기도 있을까?" 여자아이가 이야기에 끼어들었습니다.

"있겠지? 큰 것이 살고 있으면 작은 것도 있을 테니까. 하지만 멀어서 작은 고기는 지금 안 보일 것 같아." 조반니는 이제 완전히 기분이 좋아져서 즐겁게 웃으며 여자아이에게 대답했습니다.

"저건 분명 쌍둥이별님의 궁전이야." 남자아이가 갑자기 창밖을 가리키며 외쳤습니다.

오른쪽 낮은 구릉 위에 작은 수정으로 지은 것 같은 궁전 두 채가 나란히 서 있었습니다.

"쌍둥이별님의 궁전이 뭔데?"

"내가 엄마한테 몇 번이나 들었어. 분명 작은 수정 궁전 둘이 나란히 있으니까 틀림없이 그거야."

"얘기해 봐. 쌍둥이별님이 뭘 어쨌다고?"

"나도 몰라. 쌍둥이별님이 들판에 놀러 나갔다가 까마귀와 싸웠다고 했던가?"

"그게 아니야. 있잖아, 하늘의 강가에 말이지. 엄마가 한 이야기인데……"

"그리고 혜성이 씨이이잉 소리를 내면서 왔지?"

"아니라니까 그러네. 타다시. 그건 다른 거*야."

"그럼 지금 저기에서 피리를 불며 살고 있는 거네?"

"지금 바다에 가 있겠지."

"그렇지 않아. 벌써 바다에서 올라오셨을 거야."

"맞아, 맞아. 나도 알아. 내가 이야기할게."

강 건너편이 갑자기 붉어졌습니다. 버드나무나 다른 나무들이 새카만 빛을 띤 틈새로 보이지 않는 하늘 강의 물결도 이따금 슬쩍슬쩍 바늘처럼 빨갛게 빛났습니다. 건너편 강기슭 들판에 크고 새빨간 불이 타올라 그 검은 연기가 도라지색으

---

* 미야자와 겐지의 다른 작품인 〈쌍둥이 별(双子の星)〉을 뜻한다.

은하철도의 밤

로 물든 하늘까지 높이 사를 것만 같았습니다. 루비보다도 훨씬 빨갛고 투명하며 리튬보다도 아름다운 불이 취한 것처럼 타오르고 있었습니다.

"저게 무슨 불이지? 뭘 태워야 저렇게 빨갛게 빛나면서 타오르는 거지?" 조반니가 말했습니다.

"전갈의 불이야." 캄파넬라가 또 금방 지도를 찾아보고 대답했습니다.

"어머, 전갈의 불이라면 나 알고 있어."

"전갈의 불이 뭔데?" 조반니가 물었습니다.

"전갈이 불에 타서 죽는 거야. 그 불이 지금까지도 타오르고 있는 거라고 아빠가 나한테 몇 번이나 들려줬어."

"전갈이라니, 벌레잖아."

"응, 전갈은 벌레야. 근데 좋은 벌레야."

"전갈은 좋은 벌레가 아니야. 나 박물관에서 알코올에 담겨 있는 걸 봤어. 꼬리에 이런 갈고리가 있어서 거기 찔리면 죽는다고 선생님이 말했는걸."

"맞아. 그래도 좋은 벌레야. 아빠가 그랬어. 옛날에 발드라 들판에 전갈 한 마리가 작은 벌레 같은 것들을 잡아먹으며 살고 있었대. 그러던 어느 날 족제비에게 들켜 잡아먹히게 되었대. 전갈은 죽을힘을 다해 도망치고 도망쳤지만 마침내 족제비에게 잡힐 지경이 되었대. 그때 갑자기 앞에 우물이 나타나서 그 속에 들어갔는데, 도저히 올라갈 수 없어서 전갈은 물에 빠지기 시작했어. 그때 전갈이 이렇게 말하며 기도했대.

'아아, 나는 지금까지 얼마나 많은 생명을 죽여 왔는지 헤아릴 수도 없다. 그러면서 그런 내가 이렇게 족제비에게 잡힐 지경이 되니 이렇게나 열심히 도망치는구나. 그러고서도 결국 이런 꼴이라니. 아아, 세상에 확실한 것은 정말 없구나. 어째서 나는 내 몸을 잠자코 족제비에게 바치지 못했을까. 그랬으면 족제비도 하루를 연명할 수 있었을 텐데. 하나님, 부디 제 마음을 헤아려 주세요. 이렇게나 덧없이 목숨을 버리지 않고 부디 다음에는 진실로 모두의 행복을 위해 제 몸이 쓰이게 해주세요.'

그렇게 기도했대. 그랬더니 어느새 전갈은 자기 몸이 새빨갛고 아름다운 불꽃이 되어 타올라서 어둠을 밝게 비추는 것을 보게 되었대. 지금까지도 타오르고 있다고 아빠가 말씀하셨어. 저 불이 바로 그거야."

"그렇구나. 저기 봐. 저쪽 삼각표는 완전히 전갈 모양으로 늘어서 있어."

조반니는 실로 커다란 그 불 너머로 세 개의 삼각표가 꼭 전갈의 집게다리처럼 이쪽에 늘어서 있고, 다섯 개의 삼각표가 전갈의 꼬리와 갈고리 모양처럼 이어져 있는 것을 보았습니다. 그리고 정말로 그 새빨갛고 아름다운 전갈의 불이 소리 없이 밝고 밝게 타올랐습니다.

그 불이 점점 뒤로 멀어지며 이어서 모두들 뭐라 말할 수 없이 신나는 갖가지 음악 소리와, 풀꽃의 향기 같은 휘파람 소리와, 많은 사람들이 와글와글하는 목소리를 들었습니다. 이제 곧 근처에 마을 같은 곳이 있어서 거기서 축제라도 열리는 모양이라는 생각이 들었습니다.

"켄타우로스, 이슬을 내려라!"

갑자기 지금까지 잠들어 있던 조반니 옆자리의 남자아이가 건너편 창을 보며 외쳤습니다.

아, 거기에는 크리스마스 트리처럼 짙푸른, 가문비인지 전나무인지 모를 나무가 수많은 꼬마전구를 달고 서 있어 마치 반딧불 천 마리가 모여 있는 것 같았습니다.

"아아, 그렇지. 오늘밤은 켄타우로스 축제야."

"아아, 여기가 켄타우로스 마을이구나." 캄파넬라가 곧이어 말했습니다. [이하 원고 한 매가량 없음]

"난 공을 던지면 절대 빗나가지 않아."

남자아이가 아주 우쭐대며 말했습니다.

"이제 곧 남십자성이란다. 내릴 준비를 해 둬." 청년이 아이들에게 말했습니다.

"나도 기차에 좀 더 타고 있을래." 남자아이가 말했습니다. 캄파넬라의 옆에 앉은 여자아이는 어찌할 바를 모르고 일어서서 준비를 시작했지만, 역시 조반니 일행과 헤어지고 싶지 않은 눈치였습니다.

"여기서 내려야 해."

청년이 입술을 꾹 깨물며 남자아이를 내려다보며 말했습니다.

"싫어! 나도 좀 더 기차를 타고 갈래!"

조반니가 참다못해 말했습니다.

"우리랑 같이 타고 가자. 우리는 어디까지고 갈 수 있는 기차표를 갖고 있어."

"하지만 우리는 이제 여기서 내려야 해. 여기가 천국으로 가는 길이라서." 여자아이가 쓸쓸하게 이야기했습니다.

"천국 같은 덴 안 가도 괜찮잖아. 우리가 여기에서 천국보다 훨씬 좋은 곳을 만들어야 한다고 우리 선생님이 그랬어."

"그렇지만 엄마도 가 계시고, 게다가 하나님이 분부하셨는걸."

"그런 하나님은 가짜 하나님이야!"

"너의 하나님이 가짜 하나님이겠지."

"그렇지 않아."

"당신의 하나님은 어떤 하나님입니까?" 청년이 웃으며 말했습니다.

"저도 사실 잘 몰라요. 근데 그런 게 아니라 진짜 단 한 분뿐인 하나님이에요."

"진짜 하나님은 당연히 단 한 분뿐이지요."

"아, 그런 게 아니라 단 한 분인 진짜, 진짜 하나님이요."

"그러니까요. 저도 여러분이 지금 말하는 그 진짜 하나님 앞에서 우리와 함께 만나게 되길 기도하겠습니다."

청년이 얌전하게 두 손을 모았습니다. 여자아이도 똑같이 행동했습니다. 다들 정말 이별이 아쉬운지 안색마저 약간 창백하게 보였습니다. 조반니는 하마터면 소리 내어 울어 버릴 뻔했습니다.

"그럼, 이제 준비가 다 되었니? 곧 남십자성이야."

아, 바로 그때였습니다. 보이지 않는 하늘 강의 저만치 하류 쪽에 푸른색과 주홍색과 그 밖의 온갖 빛깔로 아로새겨진 십자가가 마치 바람 속의 한 그루 나무처럼 강 속에 서서 빛을 뿜었고, 그 위에는 푸르스름한 구름이 둥근 고리 모양으로 후광처럼 걸려 있었습니다. 기차 안이 술렁였습니다. 모두 북십자성에 갔을 때처럼 똑바로 서서 기도하기 시작했습니다. 저쪽도 이쪽도 어린아이가 참외에 달려들 때처럼 기뻐하는 목소리와, 말로 표현할 수 없을 만큼 깊고 경건한 한숨 소리만 들려왔습니다. 그리고 십자가는 점점 창문의 정면으로 다가왔습니다. 사과 속처럼 창백한 고리로 된 구름도 천천히 천천히 맴돌고 있는 것이 보였습니다.

"할룰레야, 할룰레야." 밝고 흥겹게 사람들의 목소리가 울려 퍼졌습니다. 다들 그 하늘 멀리서부터, 차가운 하늘 멀리서부터 맑고도 뭐라 말할 수 없이 상쾌한 나팔 소리를 들었습니다. 그리고 많은 신호기와 전등 불빛 속을, 기차는 점점 느리게 달리다가 십자가 바로 맞은편에서 완전히 멈추었습니다.

"자, 내립시다." 청년이 남자아이의 손을 잡고 건너편 출구쪽으로 점차 걸어가기 시작했습니다.

"그럼, 안녕." 여자아이가 뒤돌아보며 두 사람에게 말했습니다.

"잘 가." 조반니가 울어 버릴 것 같은 마음을 억누르며 화난 것처럼 무뚝뚝하게 답했습니다. 여자아이는 어지간히 괴로운 듯 눈을 크게 뜨고 이쪽을 한번 돌아보더니, 그 후로는 잠자코 나갔습니다. 기차 안은 이제 반도 넘게 비어 갑자기 휑뎅그렁하게 쓸쓸해졌고, 바람이 가득하니 불어왔습니다.

그렇게 보고 있다가, 다들 경건히 줄을 서서 저 십자가 앞 하늘의 강물 곁에 무릎을 꿇었습니다. 그리고 그 보이지 않는 하늘의 강물을 건너오는 한 사람을, 성스러운 흰옷을 입은 이가 손을 뻗고 이쪽으로 다가오는 것을 조반니와 캄파넬라는 바라보았습니다. 하지만 그때 마침 유리 호각이 울렸고, 기차가 움직였습니다. 그러자 은빛 안개가 강 아래쪽에서부터 가만히 피어올라 더 이상 강 건너편은 보이지 않았습니다. 그저 무수한 호두나무가 잎을 반짝반짝 빛내며 그 안개 속에 서 있고, 황금빛 후광을 두른 전기 다람쥐가 그 속에서 귀여운 얼굴을 살짝살짝 내보일 뿐이었습니다.

그때 안개가 천천히 걷혔습니다. 어디로 이어지는지 모르게 작은 전구가 한 줄로 쭉 이어진 길이 있었습니다. 전구는 잠시 기찻길을 따라 이어졌습니다. 그리고 조반니와 캄파넬라가 그 전구 앞을 지나갈 때 그 작은 연둣빛 전구 불빛이 인사라도 하는 것처럼 깜빡 하고 꺼졌다가 두 사람이 지나가자 다시 켜졌습니다.

뒤돌아보니 아까 그 십자가는 완전히 작아져서 정말 이제는 그대로 가슴에 달고 다녀도 좋을 정도가 되었고, 아까의 여자아이나 청년 일행은 그 앞 하얀 물가에서 아직도 무릎을

뚫고 있는지 아니면 어딘지 방향도 짐작할 수 없는 그 천국으로 가 버렸는지 흐릿해서 분간할 수 없었습니다.

조반니는 아아 하고 깊은 숨을 내쉬었습니다.

"캄파넬라. 또 우리 둘만 남았어. 어디까지고 같이 가자. 나는 이제 저 전갈처럼 정말 모든 사람의 진정한 행복을 위해서라면 내 몸 따윈 백 번이라도 불살라도 괜찮아."

"그래. 나도 그래." 캄파넬라의 눈에 맑은 눈물이 맺혀 있었습니다.

"그런데 진정한 행복이 대체 무엇일까?" 조반니가 말했습니다.

"나는 모르겠어." 캄파넬라가 맥없이 말했습니다.

"우리 제대로 해 보자." 조반니가 가슴 가득 새로운 힘이 솟아오른다는 듯, 숨을 훅 쉬며 말했습니다.

"아, 저기 석탄 주머니다. 하늘의 구멍이야." 캄파넬라가 말을 돌리며 하늘 강의 한곳을 가리켰습니다. 조반니는 그쪽을 보고 움찔했습니다. 하늘 강의 한곳에 커다랗고 새까만 구멍이 뻥 뚫려 있었습니다. 그 바닥이 얼마나 깊은지, 그 안에 뭐가 있는지 아무리 눈을 비비고 들여다보아도 아무것도 보이지 않고 그저 눈만 찌릿 하고 아플 뿐이었습니다. 조반니가 말했습니다.

"나는 이제 저렇게 큰 어둠 속도 무섭지 않아. 꼭 모든 사람의 진정한 행복을 찾으러 갈 거야. 어디까지고 우리 같이 가자."

"그래, 꼭 가자. 아, 저 들판은 어쩜 저렇게 아름다울까. 다들 모여 있어. 저기가 분명 천국이야. 앗, 저기 있는 사람은 우리 엄마야!" 캄파넬라가 갑자기 창 멀리 보이는 아름다운 들판을 가리키며 외쳤습니다.

조반니도 그쪽을 보았지만 희부옇게 흐리기만 할 뿐, 캄파넬라가 말한 것처럼은 도무지 보이지 않았습니다. 뭐라 말할 수 없이 외로워져서 멍하니 그쪽을 보고 있자니, 건너편 강기슭에 전신주 두 개가 꼭 양쪽으로 팔짱을 낀 것처럼 빨간 가로대로 쭉 이어진 채 서 있었습니다.

"캄파넬라, 우리 같이 가자." 조반니가 이렇게 말하며 돌아보았습니다. 하지만 지금까지 캄파넬라가 앉아 있던 자리에 캄파넬라는 보이지 않고 그저 검은 벨벳만 빛나고 있었습니다. 조반니는 총알처럼 벌떡 일어났습니다. 그리고 아무도 못 듣게 창밖으로 몸을 내밀어 있는 힘껏 가슴을 두드리며 부르짖었습니다. 그러고는 목 놓아 울었습니다. 어느새 주변이 온통 깜깜해지는 것 같았습니다.

조반니는 눈을 떴습니다. 처음에 있던 언덕의 풀밭에서 지쳐 잠이 들었던 것이었습니다. 가슴이 어쩐지 이상하게 뜨거웠고 뺨에는 차가운 눈물이 흐르고 있었습니다.

조반니는 용수철처럼 발딱 일어났습니다. 마을은 아까처럼 언덕 아래 수많은 등불이 연이어 불을 밝히고 있었지만, 그 빛이 어쩐지 아까보다 뜨거운 듯했습니다. 방금 막 꿈속에서 걸었던 하늘의 강도 역시 아까처럼 희부옇게 걸려 있었는데, 새까만 남쪽 지평선 바로 위에 흐릿하게 얹힌 오른편으로 전갈자리의 붉은 별이 아름답게 빛났습니다. 하늘 전체의 위치는 그다지 바뀌지 않은 것 같았습니다.

조반니는 한달음에 언덕을 뛰어 내려갔습니다. 마음이 온통 아직 저녁 식사도 하지 않고 기다릴 어머니 생각으로 가득했습니다. 검은 소나무 숲을 지나, 목장의 흰 울타리를 돌아, 다시 아까 그 입구로부터 어두컴컴한 소 우리 앞으로 왔습니다. 그곳에는 누군가 막 돌아왔는지 아까는 없었던 수레가 나무통 두 개를 싣고 서 있었습니다.

"안녕하세요!" 조반니가 크게 소리쳤습니다.

"예." 희고 넓은 양복바지를 입은 사람이 바로 뛰어나왔습니다.

"무슨 일이니?"

"오늘 우유가 우리 집에 안 왔어요."

"아, 미안하구나." 그 사람은 바로 안쪽에서 우유 한 병을 들고 오더니 조반니에게 건네며 다시 말했습니다.

"정말로 미안하게 됐다. 오늘 점심 무렵 좀 지나서 깜빡하고 울타리를 열어 놓는 바람에, 그새를 못 참고 송아지가 엄마 소한테 가서 반이나 먹어 버려서 말이지……." 그 사람은 웃었습니다.

"그런가요? 그럼 지금 받아 갈게요."

"그래. 참 미안하구나."

"아니에요."

조반니는 아직도 따뜻한 우윳병을 두 손으로 감싸듯이 쥐고 목장 울타리를 나섰습니다.

그리고 나무가 있는 마을길을 잠깐 지나, 큰길로 나와 다시 조금 걸어가니 길은 사거리에 다다랐습니다. 그 오른쪽 방향으로 지나가는 길 변두리에는 아까 캄파넬라와 아이들이 등불을 띄우러 갔던 강에 놓인 큰 다리의 망루가 밤하늘 아래 어렴풋이 서 있었습니다.

그런데 사거리 길모퉁이와 가게 앞에 여자들이 일고여덟 명씩 모여 다리 쪽을 보며 뭔가 소근소근 이야기하고 있었습니다. 그러고 보니 다리 위에도 불빛이 여기저기 가득했습니다.

조반니는 이상하게도 가슴이 싸늘하게 차가워지는 것 같았습니다. 그리고 느닷없이 옆에 있는 사람들에게,

"무슨 일이 있었나요?" 하고 소리치듯이 물었습니다.

"어린애가 물에 빠졌어." 어떤 사람이 말하자, 그 사람들은 일제히 조반니가 있는 쪽을 바라보았습니다. 조반니는 정신없이 다리가 있는 쪽으로 달려갔습니다. 다리 위는 사람들로 가득해서 강이 보이지 않았습니다. 흰옷을 걸친 경찰도 와 있었습니다.

조반니는 다리 가장자리에서 날듯이 아래의 너른 강변으로 내려왔습니다.

강가를 따라 수많은 불빛이 바쁘게 오르락내리락하고 있었습니다. 어둑한 건너편 강가에도 일고여덟 개의 불빛이 움직이고 있었습니다. 그 한가운데를 하눌타리 등불도 떠 있지 않은 잿빛 강물이 작은 소리를 내며 가만히 흐르고 있었습니다.

가장 하류 쪽 강변에 모래섬처럼 튀어나와 있는 곳에 사람들 무리가 뚜렷이 새까맣게 서 있었습니다. 조반니는 그쪽으로 뛰어갔습니다. 그러다가 조반니는 아까 캄파넬라와 함께 있던 마르소와 갑작스레 마주쳤습니다. 마르소가 조반니에게 뛰어왔습니다.

"조반니, 캄파넬라가 강에 들어갔어."

"어쩌다가? 언제?"

"자넬리가 말야, 배 위에서 하눌타리 등불을 물이 흐르는 쪽으로 밀려고 했어. 그때 배가 흔들려서 물에 빠져 버렸어. 그러니까 캄파넬라가 바로 뛰어들더라. 그리고 자넬리를 배가 있는 쪽으로 밀어 주었어. 자넬리를 카토가 잡아 주었는데, 캄파넬라가 보이지 않아."

"다들 찾고 있는 거지?"

"응, 곧바로 사람들이 왔어. 캄파넬라네 아버지도 왔고. 하지만 아직 못 찾았어. 자넬리는 집으로 데리고 갔대."

조반니는 사람들이 있는 쪽으로 다가갔습니다. 거기엔 아이들과 마을 사람들에게 둘러싸인, 창백하고 턱이 뾰족한 캄파넬라네 아버지가 검은 옷을 입고 똑바로 서서 오른손에 쥔 시계를 가만히 보고 있었습니다.

사람들은 모두 가만히 강을 보고 있었습니다. 아무도 말 한마디 없었습니다. 조반니는 부들부들 다리가 떨려 왔습니다. 물고기를 잡을 때 쓰는 아세틸렌 램프가 수없이 바쁘게 왔다 갔다 하고, 검은 강물이 반짝반짝 작은 물결을 일으키며 흐르는 것이 보였습니다.

하류 쪽은 강폭을 가득 은하수가 큼지막하게 비쳐 마치 물이 아니라 그대로 하늘인 것처럼 보였습니다.

조반니는 캄파넬라가 이제는 저 은하 끝에밖에는 없을 거라는 생각이 들어 견딜 수가 없었습니다.

하지만 사람들은 아직 어느 물살 사이로,

"나 엄청 헤엄쳤다고" 하고 말하며 캄파넬라가 나올 것처럼, 아니면 캄파넬라가 어딘가 아무도 모르는 모래톱에 닿아 누군가 오길 기다리며 서 있을 것처럼 생각하는 모양이었습니다. 그런데 느닷없이 캄파넬라의 아버지가 단호하게 말했습니다.

"이젠 틀렸소. 떨어진 지 45분이 지났으니."

조반니가 엉겁결에 달려가 박사님 앞에 서서, '저는 캄파넬라가 어디로 갔는지 알아요. 저는 캄파넬라와 함께 돌아다녔어요' 하고 말하려다가 목이 메어 아무 말도 할 수 없었습니다. 그러자 박사님은 조반니가 인사를 하러 왔다고 생각했는지, 잠시 자상하게 조반니를 바라보다가

"너는 조반니로구나. 오늘 밤 도와줘서 고맙다" 하고 정중하게 말했습니다.

조반니는 아무 말없이 꾸벅 고개를 숙였습니다.

"너희 아버지는 돌아오셨니?" 박사님이 단단히 시계를 쥐고서 다시 물었습니다.

"아뇨." 조반니가 작게 고개를 저었습니다.

은하철도의 밤

"왜 그럴까. 나한테는 그제 아주 좋은 소식이 있었는데. 오늘쯤 도착할 것 같은데. 배가 늦어졌나 보구나. 조반니. 내일 학교 끝나면 친구들과 함께 우리 집에 놀러 오려무나."

그렇게 말하며 박사님은 다시 은하가 가득 비치는 하류 쪽에 가만히 눈길을 보냈습니다.

조반니는 여러 가지 생각으로 가슴이 차올라서 아무 말도 못하고 박사님 앞을 떠났습니다. 빨리 엄마에게 우유를 가지고 가서 아빠가 돌아온다는 것을 알릴 생각에 마을 쪽으로 강변을 쏜살같이 달려갔습니다.

〈끝〉

첼로 연주자 고슈

고슈는 마을 활동사진관*에서 첼로 연주를 담당하고 있었습니다. 하지만 평판은 별로 신통치 않았습니다. 실력이 뛰어나지 않다 정도가 아니라, 사실 동료 연주자들 사이에서는 가장 서툴렀기 때문에 늘 악장에게 혼나기 일쑤였습니다.

점심이 지나 다들 음악실에 둘러앉아 이번 마을 음악회에서 연주할 제6번 교향곡** 연습을 하고 있었습니다.

트럼펫은 열심히 노래하고 있습니다.

바이올린도 바람이 두 가닥 흐르듯이 울립니다.

클라리넷도 보오보오 소리를 내며 거들고 있습니다.

고슈도 입을 꾹 다물고 눈을 접시처럼 뜬 채 악보를 바라보며 열심히 연주합니다.

---

* 영화관의 옛 이름. 당시에는 무성영화가 상영되면 변사가 내용을 설명하고 악단이 음악을 연주했다.
** 루트비히 판 베토벤(Ludwig van Beethoven, 1770~1827)의 교향곡 제6번 〈전원〉으로 추정된다.

갑자기 짝 하고 악장이 손뼉을 쳤습니다. 모두 연주를 뚝 멈추고 잠잠해졌습니다. 악장이 호통을 쳤습니다.

"첼로가 늦어. 토오테테, 테테테이, 여기부터 다시 해. 시작!"

다들 지금 연주한 곳의 조금 앞부분부터 다시 시작했습니다. 고슈는 얼굴을 새빨갛게 물들이고 이마에 땀을 흘리며 간신히 지금 지적당한 부분을 넘겼습니다. 겨우 안심하고 계속 연주하고 있는데 악장이 또 짝 하고 손뼉을 쳤습니다.

"첼로! 음이 맞질 않아. 큰일이군. 나는 자네에게 도레미파를 가르칠 정도로 한가한 사람이 아닐세."

다들 짐짓 자기 악보를 들여다보거나 악기를 튕겨 보며 멋쩍어 했습니다. 고슈는 황급히 현을 조율했습니다. 이는 사실 고슈도 문제였지만, 첼로도 꽤나 문제였습니다.

"바로 앞 소절부터. 시작!"

다들 다시 연주를 시작했습니다. 고슈도 입을 앙다물고 열심히 연주했습니다. 그리고 이번엔 제법 진도가 나갔습니다. 잘하고 있구나 하고 생각하는데, 악장이 화가 난 듯한 모습으로 다시 손뼉을 짝 하고 쳤습니다. 고슈는 또 난가 싶어서 가슴이 철렁했지만, 다행스럽게도 이번엔 다른 사람이었습니다. 고슈는 아까 다른 사람들이 그랬던 것처럼 일부러 자기 악보에 눈을 가까이 대고서 무언가를 생각하는 체했습니다.

"그럼 이다음부터, 시작!"

마음을 다시 먹고 시작하는데 갑자기 악장이 발을 쿵 하고 구르며 고함쳤습니다.

"아니야! 하나도 맞질 않아. 이 부분은 곡의 심장일세. 그걸 이렇게나 거칠거칠하게 연주하다니! 여보게들, 연주까지 이제 열흘밖에 안 남았어. 전문적으로 음악을 하는 우리가 저 대장장이나 설탕가게 점원 따위가 모인 악단에 져 버리면 도대체 우리 체면이 뭐가 되겠나. 이봐, 고슈 군! 자네가 문제야. 표정이 전혀 나오질 않잖아. 분노도, 기쁨도, 감정이 하나도 나오질 않아. 그리고 도대체가 다른 악기와 딱 조화가 되질 않고 있어. 늘 자네만 신발끈이 풀려서 다른 사람 뒤를 겨우 쫓아가고 있다고. 곤란하네, 제대로 해 주지 않으면. 우리 빛나는 금성음악단이 자네 한 사람 때문에 악평을 듣게 된다면, 다른 사람들에게도 정말 딱한 일이잖나. 그럼 오늘 연습은 여기까지. 잘들 쉬고 여섯 시에는 딱 악단석에 들어와 있게."

모두들 인사를 하고는, 담배를 물고 성냥을 긋거나 어디론가 밖으로 나갔습니다. 고슈는 그 낡아 빠진 궤짝 같은 첼로를 끌어안고 벽을 향해 앉아 입을 삐뚜름히 다문 채 눈물을 방울방울 흘렸습니다. 그러다가 마음을 다잡고 방금 했던 부분을 혼자서 처음부터 조용히 다시 연주하기 시작했습니다.

고슈는 그날 밤늦게 뭔가 검고 커다란 물건을 짊어지고 자기 집으로 돌아갔습니다. 집이라고 해 봤자 마을 변두리 강가에 있는 고장난 물레방앗간으로. 고슈는 거기에서 혼자 살면서 오전엔 오두막 주변에 있는 작은 밭에서 토마토 가지를 치거나 양배추에서 벌레를 떼어 내며 지내고, 오후가 되면 외출하곤 했습니다. 고슈는 집에 들어가 불을 켜고 아까의 검은 꾸러미를 열었습니다. 별것은 아니었습니다. 저녁에 거친 소리를 내던 그 첼로였습니다. 고슈는 그것을 마룻바닥에 살짝 내려놓더니, 갑자기 선반에서 컵을 꺼내 양동이에 있던 물을 꿀꺽꿀꺽 마셨습니다.

그리고 머리를 한번 내젓고는 의자에 걸터앉아 마치 호랑이 같은 기세로 낮에 연습하던 악보를 연주하기 시작했습니다. 악보를 넘기며, 생각을 거듭하고 열심히 연주하여 마지막까지 다다르자마자 다시 처음부터 몇 번이고 웅웅 웅웅 큰 소리로 연주를 계속했습니다.

한밤이 된 지도 한참 지나 이제는 자신이 연주를 하고 있는지도 모를 지경에 이르러, 얼굴도 새빨개지고 눈도 핏발이 서서 아주 무시무시한 얼굴이 되어 당장이라도 쓰러질 것처럼 보였습니다.

그때 누군가 뒷문을 똑똑 하고 두드렸습니다.

"호슈 군인가?" 고슈는 잠이 덜 깬 목소리로 외쳤습니다. 그런데 스윽 하고 문을 밀며 들어온 것은 지금껏 대여섯 번 본 적이 있는 덩치 큰 삼색 고양이였습니다.

고슈의 밭에서 딴 반쯤 익은 토마토를 어지간히 무겁다는 듯이 들고 와서 고슈 앞에 내려놓더니 말했습니다.

"아이고 힘들다. 꽤나 옮기기 어렵구만."

"뭐라고?" 고슈가 물었습니다.

"이건 선물입니다. 드세요." 삼색 고양이가 말했습니다.

고슈는 낮부터 응어리진 짜증스러운 마음을 한번에 터뜨렸습니다.

"누가 네놈에게 토마토 따위를 가져오라고 했어! 애초에 내가 네놈들이 가져온 걸 먹을 줄 알아? 그리고 그 토마토도 내 밭에서 난 거잖아. 뭐야 이게! 빨갛게 익지도 않은 걸 잡아 뜯었군. 여태껏 토마토 줄기를 갉아 놓고 밭을 헤집어 놓은 놈도 너지? 꺼져! 이 고양이 놈."

그러자 고양이가 어깨를 동그랗게 말고 눈을 작게 오므렸지만, 입 언저리에 히죽히죽 웃음을 지으며 말했습니다.

"선생님, 그렇게 화를 내시면 몸에 좋지 않아요. 그보다 슈

만의 〈트로메라이〉*를 연주해 보세요. 들어 드릴 테니."

"시건방진 소리 하지 마! 고양이 주제에."

첼로 연주자는 아니꼬워서 이 고양이 녀석을 어떻게 해 줄까 하고 잠시 생각했습니다.

"아유, 사양하실 필요 없습니다. 어서요. 저는 아무래도 선생님의 음악을 듣지 않으면 잠이 오질 않거든요."

"이런 건방진, 건방진, 건방진!"

고슈는 머리끝까지 화가 나서 낮에 악장이 했던 것처럼 발을 구르며 호통을 치다가, 갑자기 마음을 바꿔 말했습니다.

"그럼 연주해 주지."

고슈는 무슨 생각인지 문에 자물쇠를 채우고 창문도 모두 닫아 버리더니, 첼로를 꺼내며 불을 껐습니다. 그러자 밖에서 스무날이 지난 달빛이 집 안을 반쯤 비추었습니다.

"뭘 연주하라고?"

"〈트로메라이〉입니다. 로마틱** 슈만이 작곡했죠." 고양이가 입가를 닦으며 말했습니다.

---

* 로베르트 알렉산더 슈만(Robert Alexander Schumann, 1810~1856)이 작곡한 13편의 소곡으로 이루어진 피아노곡 《어린이의 정경》 중 제7곡 〈트로이메라이(공상)〉의 의도적인 오기로 보인다.
** 1800년대 초 유럽 예술의 '낭만파(독일에서는 Die Romantische Schule)'를 일컫는 '로만틱'을 작가가 의도적으로 오기한 것으로 보인다.

"그래? 〈트로메라이〉라는 게 이런 건가?"

첼로 연주자는 무슨 생각에선지 우선 손수건을 찢어 자기 귓구멍을 꽉 막았습니다. 그리고는 마치 노도와 같은 기세로 〈인도의 호랑이 사냥〉*이라는 곡을 연주하기 시작했습니다.

그러자 고양이가 잠깐 고개를 갸웃하며 듣다가 황급히 눈을 깜빡깜빡 깜빡이는가 싶더니 문 쪽으로 홱 물러섰습니다. 그리고 느닷없이 문에 몸을 쿵 하고 부딪쳤습니다. 그렇지만 문은 열리지 않았습니다. 고양이는 '이거 일생일대의 실수를 했구나' 하듯이 허둥거리며 눈과 이마에서 파직파직 불꽃을 일으켰습니다. 그러더니 수염과 코에서도 불꽃이 뿜어져 나와 간지럼을 타며 잠시 재채기를 할 것 같은 표정을 짓고는, 다시 '이대로 있을 순 없어' 하듯이 뛰어다니기 시작했습니다. 고슈는 아주 재미있어 하며 더더욱 힘차게 연주했습니다.

"선생님, 이제 충분합니다. 충분해요. 제발 그만해 주세요. 앞으로 다시는 선생님께 연주해라 마라 하지 않겠습니다."

"입 닥쳐! 이제 호랑이를 잡는 부분이다."

고양이는 괴로운 나머지 껑충 뛰어오르기도 하고 빙글빙

---

* 1930년 톨차드 에반스(Tolchard Evans, 1901~1978) 등이 작곡한 〈Hunting Tigers Out in Indiah〉로 추정된다. '경쾌한 폭스트롯 박자의 동양풍 노래'라는 부제가 붙어 있다.

글 돌거나 벽에 몸을 딱 붙이기도 하다가, 벽에 달라붙은 뒤에는 잠시 파랗게 빛을 내뿜었습니다. 끝내는 마치 풍차처럼 고슈 주변을 빙글빙글 돌았습니다.

고슈도 빙글빙글 조금 어지러워져서,

"자, 그럼 이것으로 용서해 주지"라고 말하며 득의양양하게 연주를 멈추었습니다.

그러자 고양이도 언제 그랬냐는 듯 멀쩡해져서,

"선생님, 오늘 밤 연주는 평소와는 다르군요" 하고 말했습니다.

첼로 연주자는 다시 울컥 화가 치밀었지만, 아무렇지도 않다는 듯이 담배를 한 개비 꺼내 입에 물고 성냥을 집어 들며 말했습니다.

"어디 보자. 몸 상태는 괜찮고? 혀를 내밀어 봐."

고양이는 놀리듯이 뾰족하고 긴 혀를 날름 내밀었습니다.

"하하. 조금 거칠어졌구나." 첼로 연주자는 그렇게 말하며 갑자기 성냥을 혀에 쓱 긁어 담뱃불을 붙였습니다. 고양이는 깜짝 놀라 무슨 풍차처럼 혀를 내두르며 현관문으로 가더니 머리를 쿵 하고 부딪치며 비틀비틀, 다시 돌아와 쿵 하고 부딪치며 비틀비틀, 또 돌아와서 또 부딪치고는 비틀비틀 도망칠 길을 찾으려 했습니다.

고슈는 잠깐 재미있게 바라보다가,

"내보내 주마. 이제 돌아가. 멍청한 녀석."

첼로 연주자는 문을 열어 고양이가 바람처럼 억새풀숲을 헤치고 달려가는 것을 바라보며 슬쩍 웃었습니다. 그러고는 훨씬 가뿐한 마음으로 푹 잠들었습니다.

다음날 밤도 고슈는 검은 첼로 가방을 짊어지고 돌아왔습니다. 그리고 물을 꿀꺽꿀꺽 마시고는 어젯밤과 마찬가지로 쓱쓱 거침없이 첼로를 연주하기 시작했습니다. 어느새 자정이 지나고, 1시, 2시도 지났지만 고슈는 줄곧 멈추지 않았습니다. 그렇게 시간도 잊고 연주를 하고 있다는 것도 잊은 채 웅웅거리고 있는데, 누군가 지붕 밑을 콕콕 두드렸습니다.

"고양이 녀석! 질리지도 않았냐?"

고슈가 외치자 갑자기 천장의 구멍에서 포로롱 하는 소리와 함께 회색빛 새 한 마리가 날아 내려왔습니다. 마루에 내려앉은 것을 보니 뻐꾸기였습니다.

"새까지 오는군. 무슨 일이지?" 고슈가 말했습니다.

"음악을 배우고 싶습니다."

뻐꾸기가 새초롬하게 말했습니다.

고슈가 웃으며,

"음악이라니. 네 노래는 뻐꾹, 뻐꾹 하는 게 전부잖아?"

그러자 뻐꾸기가 아주 진지하게

"네. 그겁니다. 그렇지만 그게 어렵단 말이죠" 하고 말했습니다.

"어렵기는. 너희는 많이 우는 게 힘들 뿐이지 우는 요령은 별거 없잖아?"

"그런데 그 부분이 어렵습니다. 예를 들면 뻐꾹, 이렇게 우는 것과 뻐꾹, 이렇게 우는 것은 상당히 다르게 들리지요?"

"다르지 않은걸."

"그럼 모르시는 겁니다. 저희끼리는 뻐꾹 하고 일만 번 울면 일만 번이 다 다르답니다."

"제멋대로 말하긴. 다들 알고 있다면 내 집에 오지 않아도 되잖아?"

"하지만 저는 도레미파를 정확하게 부르고 싶습니다."

"도레미파 따위가 왜 필요해?"

"그게, 외국으로 가기 전에 꼭 한 번 필요합니다."

"외국도 있다고?"

"선생님, 제발 도레미파를 가르쳐 주십시오. 제가 따라 부르겠습니다."

"시끄럽군. 그럼, 세 번만 켜 줄 테니까 끝나면 빨랑 돌아가는 거야."

고슈가 첼로를 들어 올려 통통 현을 맞추고 도레미파솔라시도를 연주했습니다. 그러자 뻐꾸기가 당황하며 날개를 파닥파닥 움직였습니다.

"아닙니다. 아니에요. 그런 게 아니라구요."

"시끄러워. 그럼 네가 해 봐."

"이렇게요." 뻐꾸기가 몸을 앞으로 굽히며 잠시 자세를 잡다가,

"뻐꾹" 하고 한 번 울었습니다.

"뭐야. 그게 도레미파야? 그러면 너희들은 도레미파나 제6번 교향곡이나 똑같겠구만."

"그건 다릅니다."

"어디가 다른데?"

"어려운 곡은 이걸 계속 여러 번 하는 겁니다."

"요컨대 이렇게 말인가?" 첼로 연주자는 다시 첼로를 잡고, 뻐꾹뻐꾹 뻐꾹뻐꾹 하고 연이어 연주했습니다.

그러자 뻐꾸기는 매우 기뻐하며 도중에 뻐꾹뻐꾹 뻐꾹뻐꾹 하고 따라 불렀습니다. 정말이지 열심히 몸을 굽혀 가며 계속해서 불렀습니다.

고슈는 결국 손이 아파져서,

"이봐, 이제 그만 하자"라고 말하며 연주를 멈추었습니다.

그러자 뻐꾸기는 아쉽다는 듯이 눈을 홉뜨며 조금 더 울더니, 겨우

"……뻐꾹 뻐어꾹 뻐뻐뻐뻐뻐" 하다가 멈추었습니다.

고슈가 머리끝까지 화가 나서,

"어이, 새! 이제 볼일 다 봤으면 돌아가!" 하고 말했습니다.

"부디 한 번만 더 연주해 주세요. 당신의 연주는 좋긴 한데, 조금 틀렸어요."

"뭐야? 네놈이 날 가르치려 들어? 썩 돌아가지 못해?"

"제발 딱 한 번만 더 부탁드립니다. 제발요." 뻐꾸기는 몇 번이나 콩콩 고개를 숙였습니다. "그럼 이게 마지막이다."

고슈가 활을 잡았습니다. 뻐꾸기는 "꾹!" 하고 숨을 한 번 쉬더니,

"그럼 되도록 길게 부탁드립니다"라며 다시 한 번 고개 숙여 인사했습니다.

"지긋지긋하구만." 고슈는 쓴웃음을 지으며 연주하기 시작했습니다. 그러자 뻐꾸기가 다시 아주 진지하게 "뻐꾹 뻐꾹 뻐꾹" 하고 몸을 굽히며 정말 열심히 불렀습니다. 고슈는 처음에는 언짢았습니다만, 계속 연주하는 동안 문득 어쩌면 오히려 새 쪽이 정확한 도레미파에 맞아 들어가는 게 아닌가 하는 생각이 들었습니다. 아무래도 연주를 하면 할수록 뻐꾸기가

더 잘하는 듯한 기분이 들었습니다.

"에잇, 이런 바보 같은 짓을 하다간 나까지 새가 되어 버리겠네!"라며 고슈는 갑자기 첼로 연주를 뚝 그쳤습니다.

그러자 뻐꾸기가 탁 하고 머리를 맞은 것처럼 부들부들 떨다가, 다시 아까처럼

"뻐꾹뻐꾹 뻐꾹 뻐뻐뻐뻐뻐" 하다가 멈추었습니다. 그리고 야속하다는 듯이 고슈를 보고는

"어째서 그만두시는 겁니까. 우리는 아무리 기개가 없는 녀석이라도 목에서 피가 나올 때까지 부릅니다"라고 말했습니다.

"뭐야, 건방지게! 이런 바보 같은 짓을 언제까지 하란 말야? 이제 꺼져. 보라고. 날이 새고 있잖아." 고슈가 창을 가리켰습니다.

동쪽 하늘이 부옇게 은빛으로 번지며 새까만 구름이 북쪽으로 달음박질치고 있습니다.

"그러면 해님이 뜰 때까지만 제발. 한 번만 더요. 잠깐이면 됩니다."

뻐꾸기가 다시 고개 숙여 부탁했습니다.

"닥쳐! 우쭐해 가지고선. 이 멍청한 새 녀석아. 안 나가면 깃털을 뽑아서 아침밥으로 먹어 버릴 테다!" 고슈가 탕 하고

마룻바닥에 발을 굴렀습니다.

그랬더니 뻐꾸기가 깜짝 놀라 창문을 향해 황급히 날아올랐습니다. 그리고 유리에 머리를 세게 부딪치더니 탁 하고 아래로 떨어졌습니다.

"뭐해? 바보같이 유리에 부딪치긴." 고슈가 허둥대며 일어나 창을 열어 주려 했지만, 원래부터 늘 쉽게쉽게 열리는 창문이 아니었습니다. 고슈가 창틀을 계속 덜컥덜컥 흔드는 동안 다시 뻐꾸기가 퐈당 부딪쳐 아래로 떨어졌습니다. 보니 뻐꾸기의 부리 부근에서 피가 조금 흘러나오고 있습니다.

"지금 열어 줄 테니 좀 기다려 봐." 고슈가 창을 겨우 손가락 두 마디 남짓 열었을 때, 뻐꾸기가 일어나서 무슨 일이 있어도 이번에는 반드시 나가겠다는 듯이 창문 너머 동쪽 하늘을 바라보더니, 있는 힘을 다해 꽉 하고 날아올랐습니다. 물론 이번에는 전보다 더 세게 유리에 부딪쳐서, 뻐꾸기는 아래로 떨어진 채 잠시 꼼짝도 않고 가만히 있었습니다. 잡아서 문으로 날려 보내 주려고 고슈가 손을 뻗자, 갑자기 뻐꾸기가 눈을 반짝 뜨더니 홱 비켜섰습니다. 그리고 다시 유리로 달려들려고 했습니다. 고슈는 얼떨결에 다리를 들어 창문을 쾅 걷어찼습니다. 유리 두세 장이 큰 소리를 내며 부서지고 창틀이 통째로 밖으로 떨어졌습니다. 그 텅 빈 창밖으로 뻐꾸기가 쏜살같이 날아갔습니다. 그리고 멀리멀리 쭈욱 날아가서 결국 보이지 않게 되어 버렸습니다. 고슈는 잠시 어처구니가 없다는 듯 바깥을 바라보다가, 그대로 쓰러지듯 방구석에 누워 잠들어 버렸습니다.

다음날 밤도 고슈는 밤이 이슥하도록 첼로를 연주하다가 피곤하여 물을 한 잔 마시고 있는데, 또 누군가 문을 톡톡 두드렸습니다.

오늘 밤은 누가 왔건 간에 어젯밤의 뻐꾸기처럼 처음부터 을러대서 쫓아내리라 마음먹고 컵을 쥔 채 기다리는데, 문이 살짝 열리며 어린 너구리 한 마리가 들어왔습니다. 고슈가 그 문을 더 활짝 열고 발을 쾅 구르며,

"얌마, 너구리! 너 너구리 탕이 뭔지나 아냐?" 하고 고함을 쳤습니다. 그러자 어린 너구리는 얼떨떨한 표정으로 바닥에 단정히 앉은 채 아무래도 잘 모르겠다는 듯 고개를 갸웃거리며 생각하다가, 잠시 뒤

"너구리 탕은 모르겠어요" 하고 말했습니다. 고슈는 그 표정을 보며 하마터면 웃음을 터뜨릴 뻔했습니다만, 억지로 무서운 표정을 유지하고서

"그럼 가르쳐 주마. 너구리 탕은 말이다. 너 같은 너구리를 양배추랑 소금을 넣어 흐물흐물하게 끓여서 나 같은 분이

드시는 음식이란다" 하고 말했습니다. 그러자 어린 너구리가 이상하다는 듯 다시,

"그치만 우리 아빠는요, 고슈 씨는 정말 좋은 사람이고 무섭지 않으니까 가서 배우라고 했어요." 하고 말했습니다. 그 말을 듣고 결국 고슈도 웃음을 터뜨렸습니다.

"뭘 배우라고 하던? 나는 바쁘단 말씀이야. 게다가 졸리다구."

어린 너구리가 갑자기 기세가 붙은 듯 한 발 앞으로 나섰습니다.

"저는 작은북 담당인데요, 첼로와 합주하게 해 달라고 하고 오라고 말씀하셨어요."

"작은북이 없는데?"

"자, 여기요." 어린 너구리가 등 뒤에서 나무 막대기 두 개를 꺼냈습니다.

"그걸로 어떻게 하려고?"

"〈유쾌한 마부〉*를 연주해 주세요."

"뭐야, '유쾌한 마부'라니. 재즈곡인가?"

---

* 1917년 레이 로페즈(Ray Lopez, 1889~1979)가 제작하고 'Original Dixieland Jass Band'가 연주한, 최초로 상업 발매되어 대히트한 재즈 레코드 〈Livery Stable Blues〉로 추정된다. 원제는 '마차대여점'을 뜻하나 겐지가 'livery'를 'lively', 즉 '유쾌한'으로 바꾸어 옮긴 것으로 보인다.

"아, 여기 악보예요." 어린 너구리가 등 뒤에서 다시 악보 한 장을 끄집어냈습니다. 고슈가 악보를 손에 들고는 웃음을 터뜨렸습니다.

"후후, 이상한 곡이로군. 좋아. 그럼 연주해 주마. 너는 작은북을 칠 테냐?" 고슈는 어린 너구리가 어떻게 하나 싶어 흘끗흘끗 그쪽을 쳐다보며 연주를 시작했습니다.

그러자 어린 너구리는 막대기로 첼로의 브리지* 아랫부분을 박자에 맞춰 통통 두드리기 시작했습니다. 꽤 잘 치기에 연주하는 동안 고슈는 '이거 재미있는데' 하고 생각했습니다.

마지막까지 연주를 마치자 어린 너구리가 잠시 고개를 갸웃거리며 생각했습니다.

그리고 마침내 알아냈다는 듯이 말했습니다.

"고슈 씨는 이 두 번째 현을 켤 때 박자가 늦어요. 어쩐지 제 연주가 휘말려 실수하게 되네요."

고슈는 깜짝 놀랐습니다. 분명 그 현은 아무리 빨리 연주해도 소리가 나는 데 조금 시간이 걸리는 듯한 기분이 어젯밤부터 들었기 때문입니다.

---

* Bridge. 현악기에 사용하는 나무로 만든 줄받침으로 줄 굄목, 기러기발(雁足)이라 부른다. 악기의 몸통, 지판, 목 등으로부터 현을 알맞은 높이로 유지시키고, 현의 진동을 울림통에 전달하는 역할을 한다.

"어, 그럴지도 몰라. 이 첼로는 좋은 게 아니야"라며 고슈가 슬픈 듯이 말했습니다. 그러자 너구리가 안타깝다는 듯 다시 잠깐 생각하더니,

"어딘가 안 좋은 걸까요? 그럼 한 번 더 연주해 드릴까요?"

"좋다마다. 연주해 보자." 고슈가 연주를 시작했습니다. 어린 너구리는 아까처럼 통통 두드리다가 때때로 고개를 숙여 첼로에 귀를 갖다 대기도 했습니다. 그렇게 끝까지 다 연주하고 나자 오늘밤도 또 동쪽 하늘이 말갛게 밝아지고 있었습니다.

"아, 날이 밝았네요. 정말 감사합니다." 어린 너구리는 몹시 허둥대며 악보와 나무 막대기를 등 뒤에 걸쳐 메고 고무 테이프로 꼭 고정했습니다. 그리고 인사를 두 번, 세 번 하고는 서둘러 바깥으로 나갔습니다.

고슈는 잠시 우두커니 전날 밤 망가진 유리창에서 들어오는 바람을 맞다가, 마을로 내려갈 때까지 한숨 자 둬야 기운이 날 것 같아 서둘러 잠자리에 들었습니다.

다음날 밤에도 고슈는 밤새 첼로를 연주했습니다. 그러다 새벽녘이 되어 피곤에 지쳐 무심코 악보를 쥔 채로 꾸벅꾸벅 졸고 있었습니다. 그런데 또 누군가 문을 똑똑 두드립니다. 그

것도 마치 들릴락 말락 할 정도의 소리였습니다만, 매일 밤 있던 일이어서 고슈는 바로 알아듣고 "들어와" 하고 말했습니다. 그러자 문틈으로 들어온 것은 들쥐 한 마리였습니다. 아주 작은 아기 들쥐를 데리고 쪼르르 고슈 앞으로 걸어왔습니다. 아직 아기 때의 들쥐는 크기가 꼭 지우개 정도밖에 되지 않아서 고슈는 무심코 웃음이 나왔습니다. 그러자 들쥐는 '뭐가 우스운 걸까?' 하듯이 두리번두리번하다가, 고슈 앞에까지 와서 파란 알밤을 하나 놓고 공손히 인사하며 말했습니다.

"선생님, 이 아이가 몸이 좋지 않아서 죽을지도 모르겠어요. 선생님께서 자비를 베풀어 주셔서 고쳐 주시면 안 될까요?"

"내가 의사도 아닌데 어떻게 고치겠어?" 고슈가 조금 발끈하며 말했습니다. 그러자 엄마 들쥐는 아래를 내려다보며 잠자코 있다가, 다시 결심한 듯 말했습니다.

"선생님, 그건 거짓말이세요. 선생님께선 매일 그렇게 좋은 솜씨로 모두의 병을 고쳐 주고 계시잖아요."

"무슨 말인지 모르겠군."

"그렇지만 선생님, 선생님 덕분에 토끼 할머니도 나았고, 너구리 아빠도 나았고, 그렇게나 심술궂은 부엉이까지 낫게 해주셨는데, 이 아이만 도움을 받지 못한다는 건 너무나 무정

한 말씀이세요."

"이봐, 이봐. 뭔가 잘못 알고 있나 본데. 나는 부엉이의 병 따위 고쳐 줬던 적이 없어. 뭐, 어젯밤 어린 너구리가 와서 악단 흉내는 내고 갔지만 말이야. 하핫." 고슈는 어처구니가 없어 그 아기 쥐를 내려다보며 웃었습니다.

그러자 엄마 들쥐는 울음을 터뜨렸습니다.

"아아, 이 아이는 병에 걸릴 거면 빨리 걸릴 것을. 아까까지 그렇게 웅웅 웅웅 큰 소리로 울려 왔는데, 병에 걸리자마자 딱 소리가 멎더니 그 후로는 아무리 부탁드려도 울려 주시질 않는구나. 얼마나 불행한 아이람."

고슈가 깜짝 놀라 외쳤습니다.

"뭐? 내가 첼로를 연주하면 부엉이랑 토끼의 병이 낫는다고? 도대체 무슨 뜻이야, 그게?"

들쥐가 눈을 한 손으로 쓱쓱 닦으며 말했습니다.

"이 근처 동물들은 병에 걸리면 모두 선생님 댁 마룻바닥 밑에 들어가 병을 고치고 있어요."

"그러면 낫는다고?"

"네. 몸 안의 혈액순환이 아주 잘 되어 무척 기분이 좋아져서, 바로 낫는 경우도 있는가 하면 집으로 돌아가서 낫는 경우도 있어요."

첼로 연주자 고슈

"아아. 그래? 내 첼로 소리가 웅웅 울려 퍼지면, 그게 마사지 같은 효과가 있어서 너희들의 병을 낫게 해 준다는 말이지? 좋아. 알았어. 연주해 주지." 고슈는 잠시 끼익 끼익 현을 조율하더니, 갑자기 아기 들쥐를 잡아 첼로에 난 구멍 안으로 집어넣어 버렸습니다.

"저도 함께 들어가겠습니다. 어느 병원이든 그렇게 하니까요." 엄마 들쥐가 정신없이 첼로에 달려들었습니다.

"댁도 들어가려고?" 첼로 연주자는 엄마 들쥐를 구멍으로 함께 넣어 주려 했습니다. 하지만 얼굴이 반밖에 들어가지 않았습니다.

들쥐는 바둥바둥하다가 안에 있는 아이에게 외쳤습니다.

"아가야, 거기 괜찮니? 내려갈 때 늘 가르쳐 준 대로 발을 잘 모아서 내려갔어?"

"괜찮아. 잘 내려왔어." 아기 쥐가 꼭 모기만 한 작은 목소리로 첼로 바닥에서 대답했습니다.

"걱정할 거 없단다. 그러니 울음소리 내지 않도록 하렴." 고슈는 엄마 쥐를 밑에 내려놓고는, 활을 들어 어떤 랩소디* 같은 곡을 웅웅 웅웅 앙앙 앙앙 연주했습니다. 그러자 엄마

---

* rhapsody: 광시곡(狂詩曲). 관능적이면서 내용이나 형식이 비교적 자유로운 환상적인 기악곡.

쥐는 어지간히 걱정스럽다는 듯이 그 소리를 듣고 있다가, 결국 못 참겠다는 기색으로

"이제 충분합니다. 부디 꺼내 주세요." 하고 말했습니다.

"뭐야, 이걸로 충분하다고?" 고슈가 첼로를 기울여 구멍에 손을 대고 잠시 기다리자 곧 아기 쥐가 나왔습니다. 고슈는 아기 쥐를 가만히 바닥에 내려 주었습니다. 잘 보니 눈을 꼭 감고 부들부들 부들부들 떨고 있었습니다.

"어때? 기분은 괜찮아?"

아기 쥐는 아무 대답도 없이 눈을 감은 채 잠시 부들부들 부들부들 떨더니, 갑자기 일어나 달려갔습니다.

"아아, 좋아졌구나. 감사합니다. 감사합니다." 엄마 쥐도 함께 달려가다가, 곧 고슈 앞으로 와서 연이어 허리 숙여 인사하며,

"감사합니다. 감사합니다" 하고 열 번이나 말했습니다.

고슈는 왠지 마음이 안쓰러워져서,

"이봐, 너희들 빵은 먹어?" 하고 물었습니다.

그러자 들쥐가 깜짝 놀랐는지 두리번두리번 주변을 둘러보고 나서,

"아뇨……. 그 빵이라는 것은 밀의 가루를 반죽도 하고 찌기도 해서 만든, 폭신폭신 부풀어 오른 맛있는 음식 같습니다

만……. 그렇지 않아도 저희는 선생님 댁의 찬장 같은 데는 올라가 본 적도 없고, 더구나 이렇게 신세를 지면서 어떻게 그것을 훔쳐가거나 하겠어요" 하고 말했습니다.

"아니, 그런 뜻이 아니라. 그저 먹을 수 있냐고 물어본 것뿐이야. 그럼 먹을 수 있나 보군. 잠깐 기다려. 배 아픈 아이에게 주라고."

고슈가 첼로를 바닥에 놓더니 찬장에서 빵을 한 움큼 떼어 들쥐 앞에 내려놓았습니다.

들쥐는 무슨 난리라도 난 듯 울고 웃고 하면서 인사를 하더니, 소중하게 빵을 물고 아이를 앞세워 바깥으로 나갔습니다.

"아아아, 쥐와 이야기하는 것도 꽤 피곤하군." 고슈는 잠자리에 털썩 누워 바로 쿨쿨 잠들어 버렸습니다.

그로부터 엿새째 밤이 되었습니다. 금성음악단 단원들은 각각 악기를 들고 모두들 붉게 상기된 표정으로 홀의 무대에서 줄지어 내려와 마을 회관의 홀 뒤에 있는 대기실로 향했습니다. 처음부터 끝까지 제6번 교향곡을 성공적으로 마친 것입니다. 홀에서는 박수 소리가 아직도 폭풍처럼 울려 퍼지고 있습니다. 악장은 주머니에 손을 꽂아 넣고 박수 따윈 아무래도 좋다는 듯 느릿느릿 악단원 사이를 걷고 있었습니다만, 실제

로는 되레 기쁨으로 가득 차 있었습니다. 단원들은 다들 담배를 물고 성냥을 긋거나 악기를 케이스에 넣거나 했습니다.

홀에서는 아직도 박수소리가 짝짝 울리고 있습니다. 그뿐만 아니라 점점 더 소리가 높아져서 감당할 수 없을 만큼 무섭도록 큰 소리가 되었습니다. 크고 하얀 리본을 가슴에 단 사회자가 들어왔습니다.

"앙코르 요청을 하고 있는데, 짧은 곡이라도 연주해 주시면 안 될까요?"

그러자 악장이 정색하고 대답했습니다. "안 됩니다. 이런 큰 연주 뒤에는 뭘 연주해도 저희가 개운치 않아요."

"그럼 악장님이 나와서 잠시 인사라도 해 주세요."

"아냐. 어이, 고슈 군. 나가서 뭐든 연주해 보게."

"제가 말입니까?" 고슈는 어안이 벙벙했습니다.

"자네 이야기야. 자네." 수석 바이올리니스트*가 갑자기 고개를 들고 말했습니다.

"자, 어서 나가 봐." 악장이 말했습니다. 단원들은 억지로 고슈에게 첼로를 안기더니 문을 열어 무대로 확 떠밀었습니다. 고슈가 그 구멍 난 첼로를 들고 정말이지 난감해 하며 무

---

* 콘서트마스터(concertmaster): 관현악단에서 제1바이올린의 수석 연주자로서 단원 전체의 지도적인 역할을 한다.

첼로 연주자 고슈

대로 나서자, 관객들은 여보란 듯이 한층 더 격하게 손뼉을 쳤습니다. 와아 하고 함성을 지르는 사람도 있는 듯했습니다.

"사람을 바보로 만들어도 정도가 있지. 좋아, 보라고. 〈인도의 호랑이 사냥〉을 연주해 줄 테니." 고슈는 아주 침착하게 무대 정중앙으로 나갔습니다.

그러고는 그 고양이가 왔을 때처럼 마치 화난 것 같은 기세로 호랑이 사냥을 연주했습니다. 그런데 청중은 숨소리 하나 없이 열중하며 연주를 들었습니다. 고슈는 계속해서 연주했습니다. 고양이가 괴로워서 파직파직 불꽃을 터뜨렸던 부분도 지나갔습니다. 문에 몸을 몇 번이고 부딪치던 부분도 지났습니다.

곡이 끝나자 고슈는 이제 관객들 쪽은 보지도 않고서 마치 그때 그 고양이처럼 재빨리 첼로를 들고 대기실로 도망쳐 들어왔습니다. 그러자 대기실에는 악장을 비롯해 동료들이 다들 불이라도 났던 것처럼 눈을 꼭 감고 고요히 눌러앉아 있었습니다. 고슈는 이판사판이라는 생각에 동료들 사이를 척척 걸어가 건너편의 긴 의자에 털썩 주저앉아 다리를 꼬았습니다.

그러자 동료들이 일제히 이쪽으로 고개를 돌려 고슈를 바라보는데, 역시 진지한 태도였고 비웃는 듯한 기색은 전혀 없었습니다.

'오늘 밤은 이상하네.'

고슈는 생각했습니다. 그랬더니 악장이 일어서서 말했습니다.

"고슈 군. 잘했네. 대단한 곡은 아니었지만 모두들 여기서 아주 진지하게 들었다네. 일주일에서 열흘 사이에 대단한 성취를 이뤘군. 열흘 전과 비교하면 갓난아기와 군인만큼이나 차이가 나. 언제든 하려고 마음만 먹으면 제대로 해 내지 않는가, 자네."

동료들도 모두 일어서서 다가와 "잘했어!"라고 고슈에게 말했습니다.

"아니, 몸이 건강하니 이렇게 할 수 있는 게지. 보통 사람이라면 죽었을걸." 악장이 저쪽에서 말했습니다.

고슈는 그날 밤늦게 자기 집으로 돌아왔습니다.

그리고 물을 또 벌컥벌컥 마셨습니다. 그러고는 창문을 열어 언젠가 뻐꾸기가 날아갔던 먼 하늘을 바라보며,

"어이, 뻐꾸기야. 그땐 미안했어. 화를 냈던 건 아니었어" 하고 말했습니다.

〈끝〉

주문이 많은 요리점

❖

 두 젊은 신사가 정말이지 영국군다운 모습으로 반짝반짝 한 총을 둘러메고 흰곰 같은 개를 두 마리 데리고 아주 깊은 산속, 나뭇잎이 바스락바스락하는 곳을 이런 이야기를 하며 걷고 있었습니다.

 "아주, 이 근처 산은 보통 괘씸한 게 아니야. 새 한 마리, 짐승 한 마리조차 없다니. 뭐라도 상관없으니 빨리 탕, 타앙! 하고, 잡아 보고 싶구먼."

 "사슴의 노란 옆구리 따위에다 두세 발 쏴 보면 꽤나 통쾌하겠군. 빙빙 돌다가 털썩 하고 쓰러질 테지."

 그곳은 꽤 깊은 산속이었습니다. 길잡이로 온 전문 사냥꾼도 잠시 헤매더니 어디론가 사라져 버렸을 정도로 깊은 산속이었습니다.

 게다가 워낙 산이 험한 나머지, 그 흰곰 같은 개들은 두 마리 다 어지럼증을 일으키더니 잠시 짖다가 거품을 물고 죽어 버렸습니다.

"정말 나는 이천 사백 엔이나 손해 봤어" 하며 한 신사가 그 개의 눈꺼풀을 살짝 뒤집어 보며 말했습니다.

"나는 이천 팔백 엔 손해야" 하며 다른 한 사람이 분하다는 듯이 고개를 숙이며 말했습니다.

첫 번째 신사는 얼굴색이 조금 흐려지더니, 다른 신사의 표정을 물끄러미 바라보며 말했습니다.

"난 이제 돌아갈까 싶네."

"그러게. 나도 딱 춥고 배도 고프니 돌아갈까 싶군."

"그러면 이걸로 끝내지. 뭐, 돌아가는 길에 어제 숙소에서 산새나 십 엔어치 사서 돌아가면 되지."

"토끼도 있던데. 그러면 결과는 마찬가지 아닌가. 그럼 돌아가세."

그런데 아무래도 곤란한 점은, 어디로 가야 돌아갈 수 있는지 전혀 짐작이 가지 않는다는 것이었습니다.

바람이 휘잉 하고 불어왔습니다. 풀이 와삭와삭, 나뭇잎이 바스락바스락, 나무는 투웅투웅 하는 소리를 냈습니다.

"아무래도 배가 너무 고파. 아까부터 옆구리가 아파서 참을 수가 없군."

"나도 그래. 이제 그만 걷고 싶구먼."

"걷기 싫다. 아, 난감한걸. 뭘 좀 먹고 싶은데."

"나도 먹고 싶어."

두 신사는 쏴아, 하고 우는 억새밭 한가운데서 이런 이야기를 하고 있었습니다.

그때 문득 뒤를 돌아보니, 훌륭한 서양식 저택 한 채가 있었습니다.

그 현관에는

RESTAURANT
WILDCAT HOUSE
서양요리점 살쾡이 집

이라고 적힌 간판이 있었습니다.

"이보게, 마침 잘 되었군. 여긴 그래도 열었나 봐. 들어가지 않겠나?"

"이것 참, 이런 곳에 있다니 희한하군. 그래도 뭐든 식사는 할 수 있겠지?"

"당연히 되겠지. 간판에 그렇게 쓰여 있지 않은가."

"그럼 들어가자고. 난 배가 고파 쓰러질 지경이야."

두 사람은 현관에 섰습니다. 하얀 도자기 벽돌로 지은, 실로 훌륭한 현관이었습니다. 그리고 유리로 된 여닫이문이 있었는데, 거기에는 금색 글씨로 이렇게 적혀 있었습니다.

누구든 들어오십시오. 절대 사양하지 않습니다.

두 사람은 몹시 기뻐하며 말했습니다.
"이거 대단하군. 역시 세상은 잘 돌아가고 있어. 오늘 종일 고생하다가 이렇게 좋은 일도 있구먼. 이 집은 요릿집인데도 공짜로 대접하겠다는걸?"
"아무래도 그런가 봐. 절대 사양하지 않는다는 건 그런 의미겠지."

두 사람은 문을 밀고 안으로 들어갔습니다. 거기는 곧바로 복도로 이어졌습니다. 그 유리문의 뒷면에는 금색 글씨로 이렇게 적혀 있었습니다.

특히 뚱뚱한 분 또는 젊은 분은 대환영입니다.

두 사람은 환영한다는 말에 크게 기뻐했습니다.
"이보게, 우리는 대환영에 들어맞지?"
"우리는 둘 다 해당되니까."

복도를 척척 걸어가니, 이번에는 하늘색 페인트가 칠해진 문이 있었습니다.

"어쩐지 이상한 집이로군. 왜 이렇게 문이 많아?"

"이런 게 러시아식이라네. 추운 지방이나 산속은 다 이래."

그리고 두 사람이 그 문을 열려 하자, 위에 노란 글씨로 이렇게 적혀 있었습니다.

이 점포는 주문이 많은 요리점이므로
부디 그 점을 잘 이해해 주시기 바랍니다.

"꽤나 번창한가 보군. 이런 산속에 말이야."

"그건 그래. 보게, 도쿄의 큰 요릿집도 큰길에는 잘 없지 않은가."

두 사람이 말하며 그 문을 열었습니다. 그러자 뒷면에는,

주문이 상당히 많겠습니다만
부디 하나하나 양해해 주십시오.

"이게 대체 무슨 말이야." 한 신사가 얼굴을 찌푸렸습니다.

"음, 이건 분명 주문이 너무 많아서 준비하는 데 시간이

오래 걸리니 죄송하다는 뜻일 걸세."

"그렇겠군. 빨리 어디든 안으로 들어가고 싶군."

"그리고 탁자에 자리 잡고 앉고 싶어."

하지만 정말 성가시게도 또다시 문이 하나 있었습니다. 그리고 그 옆에는 거울이 걸려 있고, 그 아래에는 손잡이가 긴 빗이 놓여 있었습니다.

문에는 붉은 글씨로,

손님들께서는 여기서 머리를 정돈하시고,
신발의 진흙을 털어 주십시오.

라고 쓰여 있었습니다.

"이건 아주 당연한 말이야. 나도 아까 현관에서 산속에 있다고 우습게 봤거든."

"예의를 제법 따지는 가게야. 분명 꽤나 대단한 사람들이 종종 오는가 보군."

거기서 두 사람은 깨끗하게 머리를 빗고, 신발의 진흙을 털었습니다.

그러자, 어찌 된 일일까요. 빗을 탁자 위에 내려놓자마자 빗이 뿌옇게 흐려지더니 이내 사라지고, 바람이 방 안으로 휘잉 하고 불어 들어왔습니다.

두 사람은 깜짝 놀라, 서로 바싹 붙어 서서 문을 벌컥 열고 다음 방으로 들어갔습니다. 빨리 뭐든 따뜻한 것을 먹고 기운을 차리지 않으면 말도 안 되는 일이 일어날 것 같다고, 두 사람은 생각했던 것입니다.

문 안쪽에는 또 이상한 이야기가 적혀 있었습니다.

총과 총알을 여기에 놓아두십시오.

보니 그 바로 옆에 검은 받침대가 있었습니다.
"그렇지. 총을 메고 식사를 하는 건 법도가 아니지."
"거참, 어지간히 대단한 사람이 늘 오는가 보군."
두 사람은 총을 풀고 허리띠를 빼서 받침대 위에 올려 두었습니다.

또 검은 문이 나왔습니다.

모쪼록 모자와 외투와 신발을 벗어 주십시오.

"어쩌지? 벗을까?"
"어쩔 수 없지. 벗자구. 어지간히 높은 사람인가 봐. 안에 있는 사람."

두 사람은 모자와 외투를 못에 걸고, 신발을 벗고 자박자박 걸어 문으로 들어갔습니다.

문 뒷면에는,

넥타이핀, 커프스 단추, 안경, 지갑, 그 밖의 금속류,
특히 뾰족한 물건은 모두 여기 놓아두십시오.

라고 적혀 있었습니다. 문 바로 옆에는 검게 칠한 훌륭한 금고도 활짝 문이 열린 채 놓여 있었습니다. 열쇠까지 딸려 있었습니다.

"하하, 요리에 무슨 전기 같은 것을 쓰는가 보군. 금속 물체는 위험하지. 게다가 뾰족한 물건도 위험하니까 이렇게 이야기하는 거겠지."

"그렇겠군. 그럼 계산은 돌아가는 길에 여기서 하는 건가?"

"아마 그렇겠지?"

"그렇겠지, 분명."

두 사람은 안경을 벗고 커프스 단추를 풀어 모두 금고 속에 넣은 다음, 찰칵 하고 자물쇠를 잠갔습니다.

조금 걸어가니 또 문이 있었는데, 그 앞에 유리로 된 항아리가 하나 있었습니다. 문에는 이렇게 적혀 있었습니다.

항아리 안에 있는 크림을 얼굴과 손발에 듬뿍 발라 주십시오.

들여다보니 항아리에 있는 것은 분명 우유로 만든 크림이었습니다.
"크림을 바르라니, 어째서 바르라는 거지?"
"이건 말이야, 바깥이 아주 춥지? 실내가 너무 따뜻하면 살이 트니까, 그걸 미리 막기 위해서 그런 거지. 아마 안에는 꽤나 대단한 사람이 와 있나 보군. 이런 데서 뜻밖에 우린 귀족하고 친분이 생길지도 모르겠구먼."
두 사람은 항아리에 있는 크림을 얼굴과 손에 바르고, 양말을 벗어 발에도 발랐습니다. 그래도 여전히 남자 둘 다 각각 얼굴에 바르는 척하다가 몰래 먹었습니다.
그런 다음 서둘러 문을 열었더니, 그 뒷면에는,

크림을 잘 바르셨습니까? 귀에도 잘 바르셨습니까?

라고 적혀 있고, 여기에도 작은 크림 단지가 놓여 있었습니다.

"맞아 맞아, 나는 귀에는 바르지 않았어. 하마터면 귀가 틀 뻔했군. 이곳 주인은 정말 빈틈이 없구먼."

"그러게. 꼼꼼한 부분까지 신경을 잘 쓰는군. 그런데 나는 빨리 뭘 좀 먹었으면 좋겠는데, 정말 이렇게 복도가 끝도 없이 이어지니 어쩌라는 건지."

그러자 바로 그 앞에 다음 문이 나타났습니다.

요리가 이제 곧 준비됩니다.
십오 분만 기다려 주십시오.
곧 드실 수 있습니다.
어서 병 속의 향수를 당신의 머리에 잘 뿌려 주십시오.

그리고 문 앞에는 금색으로 빛나는 향수병이 놓여 있었습니다.

두 사람은 그 향수를 머리에 찰박찰박 뿌렸습니다.

그런데 그 향수는 어쩐지 식초 같은 냄새가 났습니다.

"이 향수는 이상하게 식초 냄새가 나는군. 어떻게 된 거지?"

"헷갈린 모양이지. 하녀가 감기라도 걸려서 잘못 넣었나 봐."

두 사람은 문을 열고 안으로 들어갔습니다.

문 뒤에는 큰 글씨로 이렇게 적혀 있었습니다.

여러 가지로 주문이 많아 번거로우셨죠?

고생 많으셨습니다.

이제 이걸로 끝입니다. 부디 단지 안에 있는 소금을

온몸에 듬뿍 골고루 비벼 주세요.

과연 훌륭한 푸른 도자기로 된 소금 단지가 놓여 있었지만, 이번만큼은 두 사람 다 섬뜩 놀라 크림을 듬뿍 바른 서로의 얼굴을 마주 보았습니다.

"아무래도 이상해."

"내 생각에도 이상한 것 같아."

"주문이 많다는 말은, 저쪽에서 우리에게 주문을 한다는 뜻이었어."

"그러니까, 서양요리점이라는 게, 내 생각에는, 서양 요리를, 손님에게 대접하는 게 아니라, 손님을 서양 요리로 만들어서, 잡아먹는 집이라는 뜻이야. 이건, 그, 다, 다, 다, 다시 말해, 우, 우, 우리들은……."

바들바들 바들바들, 떨려서 이젠 말도 제대로 나오지 않았습니다.

"그, 우, 우리가, ……우와아!" 부들부들 부들부들 떨려서, 이젠 말도 제대로 나오지 않았습니다.

"도망……." 와들와들 떨며 한 신사가 뒤쪽 문을 밀었지만, 어찌 된 일일까요. 문은 한 치도 움직이지 않았습니다.

안쪽에는 아직 다른 문 하나가 있었는데, 커다란 열쇠구멍이 두 개 있고 은색의 포크와 나이프 모양이 조각되어 있었으며,

대단히, 수고 많으셨습니다.

아주 만족스럽게 완성되었습니다.

자 어서 뱃속으로 들어와 주십시오.

라고 적혀 있었습니다. 게다가 열쇠구멍으로는 새파란 눈알 두 개가 희번덕거리며 이쪽을 들여다보고 있습니다.

"우와아!" 부들부들 부들부들.

"우와아!" 와들와들 와들와들.

두 사람이 울음을 터뜨렸습니다.

그러자 문 안쪽에서 수군수군 이런 말이 들려옵니다.

"틀렸어. 벌써 알아차렸어. 소금도 치지 않았나 봐."

"당연하지. 두목이 잘못 썼어. 저쪽에다 '여러 가지로 주문이 많아 번거로우셨죠? 고생 많으셨습니다' 따위 멍청한 소릴 써 놔가지고."

"어차피 상관없어. 우리한테는 결국 뼈다귀 하나 안 주잖아."

"그건 그래. 그래도 혹시 저놈들이 이쪽으로 안 들어오면, 그건 우리 책임인데."

"부를까? 부르자. 어이, 손님들, 어서 오세요. 오시라고요. 오시라니까요. 접시도 깨끗하게 닦아 놨고, 채소도 소금으로 잘 버무려 놨습니다. 나머지는 당신들이랑 채소를 잘 섞어서 새하얀 접시에 올려 두기만 하면 됩니다. 어서 오세요."

"자, 오세요, 오세요. 아니면 샐러드가 싫으십니까? 그렇다면 이제 불을 피워서 튀겨 드릴까요? 아무튼 빨리 오세요."

두 사람은 너무나 가슴이 떨려 얼굴이 마치 꾸깃꾸깃한 휴지조각처럼 된 채, 서로 마주 보고 부들부들 떨며 소리 없이 울었습니다.

안에서는 훗훗 하고 웃으며 또 외쳤습니다.

"오세요, 오세요. 그렇게 울면 모처럼 바른 크림이 흘러내리지 않겠습니까. 자, 지금, 거의 다 되었습니다. 어서, 빨리 오세요."

"빨리 오십시오! 두목이 벌써 냅킨을 두르고 나이프를 들고 입맛을 다시며 손님들을 기다리고 계십니다."

두 사람은 울고 울고 울고 울었습니다.

그때 뒤에서 갑자기,

"멍, 멍, 크르릉" 하는 소리가 들려오며, 그 흰곰 같은 개 두 마리가 문을 박차고 방 안으로 뛰어 들어왔습니다. 열쇠 구멍으로 보이던 눈알이 순식간에 사라지고, 개들은 으르렁거리며 잠시 온 방 안을 빙글빙글 돌았습니다. 그러다 한 번,

"멍!" 하고 크게 짖더니, 갑자기 다음 문으로 뛰어 들어갔습니다. 문이 쾅 열리고 개들은 빨려 들어가듯이 뛰어갔습니다.

그 문 너머 새까만 어둠 속에서,

"냐옹, 캬앙, 크르릉" 하는 소리가 들리더니, 그다음에는 바스락거리는 소리가 났습니다.

방이 연기처럼 흩어지고, 두 사람은 추위에 부들부들 떨며 풀 속에 서 있었습니다.

그러고 보니 겉옷과 신발, 지갑과 넥타이핀이 저쪽 가지에 매달려 있거나 이쪽 뿌리에 널려 있거나 했습니다. 바람이 휘잉 하고 불어왔습니다. 풀이 와삭와삭, 나뭇잎이 바스락바

스락, 나무는 투웅투웅 하는 소리를 냈습니다.

개가 바람처럼 돌아왔습니다.

그리고 뒤에서는,

"나리, 나리!" 하고 외치는 소리가 들렸습니다.

두 사람은 갑자기 기운이 생겨

"어이! 어이! 여기야! 빨리 와!" 하고 외쳤습니다.

도롱이를 뒤집어쓴 전문 사냥꾼이 풀을 와삭와삭 헤치며 왔습니다.

그러자 둘은 겨우 안심이 되었습니다.

그리고 사냥꾼이 가져온 떡을 먹고, 가는 길에 산새를 십 엔어치 사서 도쿄로 돌아갔습니다.

하지만 한번 휴지 조각처럼 구겨진 두 사람의 표정만큼은 도쿄로 돌아가서도, 목욕탕에 들어가서도 다시 원래대로 돌아오지 않았습니다.

〈끝〉

역자 후기

층층의 운석처럼 단단하고 신비로운 겐지의 문학

미야자와 겐지의 글은 한 번에 읽을 수 없는, 마치 층층의 운석처럼 단단하고 신비로운 결을 지녔습니다. 첫 대면에선 어린 시절 동화집을 열어 보듯 설렘이 앞서지만, 몇 줄만 넘기면 물리, 천문, 농학, 불교 경구가 겹겹이 나타나며 독자를 낯선 차원으로 끌어당깁니다.

번역을 하며 가장 공들인 지점은 바로 그 다성多聲성을 어떻게 우리말의 리듬으로 다시 태어나게 할 것인가였습니다. 일본어 특유의 단정한 5/7음 운율, 의성어, 의태어의 초감각적 홍수, 그리고 《은하철도의 밤》 이후 겐지 텍스트 전반에 스며든 소리와 빛의 '연주법'을 옮기기 위해, 다음의 세 가지 원칙을 세웠습니다.

첫 번째는 모호성은 살리되, 과잉 해석은 피하는 것입니다. 겐지의 문장은 종종 뜻이 분명치 않은 조어造語로 끝을 흐립니다. 이를 작가의 '의도된 여백'으로 보고, 독자가 스스로 상상할 수 있게 애초의 여운을 유지했습니다.

두 번째는 전문 용어는 뜻을 밝히고, 시적 장치는 극대화하는 것입니다. '인광燐光'처럼 학술어는 주석으로 간결히 풀이하되, 별빛과 바람 소리를 묘사하는 의성어 의태어는 가능하면 음성적 울림을 살린 우리말로 치환했습니다.

세 번째는 소리의 질감을 지키는 것입니다. 기차의 '가싸앙―', 바람의 '후르르릉―' 같은 겐지 특유의 파동을 재창조하기 위해, 원문의 장음長音과 쇄음碎音을 직관적으로 느낄 수 있는 우리말 의성어를 배치했습니다.

그 결과 첫 문장은 "가로등마다 푸른빛 전나무와 참나무 가지가 두른 듯 얹혀 있고…"로 시작해, 원문의 빛과 향기를 최대한 보존하면서도 입 안에서 자연스럽게 흘러가도록 다듬었습니다. 다만 번역이란 결국 선택의 예술이기에, 다른 역자가 같은 문장을 "밤하늘에 우주를 걸어 둔 듯"이라 옮긴다 해도 그 또한 옳을 것입니다. 겐지 작품이 지닌 무한 굴절성이야말로 그의 문학이 한 세기를 건너 살아남은 힘이니까요.

이 책을 통해 독자 여러분이 '천기륜의 기둥' 아래 서서 별빛과 나무 냄새, 그리고 아직 이름 붙이지 못한 감정들을 새로이 맞이하시길 바랍니다. 번역자로서 그 작은 다리가 될 수 있다면 더 바랄 것이 없겠습니다.

2025년 초여름, 김수영

작가의 생애

미야자와 겐지
宮沢賢治, 1896. 8. 27. ~ 1933. 9. 21.

대지와 별 사이를 문학으로 이은 미야자와 겐지

1896년 8월, 겨울이면 눈보라가 여울처럼 몰아치고, 여름이면 수만 마리 반딧불이 강 언저리를 수놓는 곳인 이와테현 하나마키 평야에서 미야자와 겐지는 태어났습니다.
후일 그가 작품마다 '광휘光輝'를 한결같이 노래한 배경에는 동북東北의 가혹한 기후와 동시에 자연이 보여 주는 섬광 같은 아름다움이 겹겹이 축적되어 있었지요.

그는 농업 자본가 집안에서 태어났지만 일찍이 불평등한 농업 구조를 눈으로 직접 보며 자랐습니다. 이후 모리오카 고등농림학교에서 과학적 농업기술을 익히며 "대지와 별 사이를 잇는 문학"이라는 평생의 화두를 움틔웠습니다.

그의 초기 시편에는 토양 시비량施肥量과 위도·경도 값이 인용되는 대목에서 시적 상상력이 느닷없이 농업 실험 노트로 변주되기도 합니다. 그 독특한 '지식의 리릭'을 어떻게 살려야 할지 많은 역자들이 고심합니다. 여기서 '지식의 리릭'이라는 표현은 일본 비평계에서 1970~1980년대부터 간간이 쓰인 용어로, 미야자와 겐지처럼 과학·농학·천문·불교 용어 등 객관적 지식을 시적 리듬에 녹여 내는 작가를 설명할 때 자주 등장합니다. 겐지 작품을 읽으면 토양 pH, 니켈강, 은하수

별 좌표 같은 정보가 그대로 시구 속에 뛰어들어 오는데, 이때 정보는 '설명'이 아니라 '선율'로 기능합니다.

1921년에 교사로 부임한 겐지는 교실을 '은하 교향악단'으로 바꾸려 했습니다. 학생들에게 천체 그림을 그리게 하고, 석탄 가루로 별자리 모형을 만들며 우주의 숨결을 가르쳤습니다. 이 시절에 구상된 〈폴라노 광장ポラーノの広場〉 초고는 대체로 1921~1922년 무렵에 쓰인 뒤, 1929년 초까지 개정이 이어졌다는 설이 유력합니다.

〈꽃의 일생〉 같은 동화에는 인간을 자연사自然史의 한 점으로 겸허히 돌려세우는 윤리가 선명히 비칩니다. 예컨대 "사람이여, 꽃이여, 한날한시에 피었다 지리라"라는 문장은 그 겸허함 속에서도 미세하게 떨리는 희열이 있습니다. '한날한시'라는 고어적 호흡과 '피었다 지리라'의 단호한 단속음이 겐지의 장음長音 감각과 가장 잘 맞닿습니다.

1924년 자비로 간행한 시집 《봄과 수라》와 동화집 《주문이 많은 요리점》은 생전 그가 세상에 남긴 거의 유일한 단행본이었습니다. 그러나 작품 속에서는 이미 '생'과 '사'의 경계가 사라지고, 인간, 동물, 광물, 별들이 하나의 순환계 안에서 호흡하고 있었습니다.

사랑하는 동생 도시가 병으로 세상을 뜬 1928년, 그는 〈은하철도의 밤〉 개작에 몰두하며 '인간 구원의 최후 풍경'으로 별빛 기차를 택했습니다. 이 작품은 죽음이 슬픔이 아니라 무한 연대의 문으로 전환되는 순간이라는 것을 강조하는데, 동일한 정조를 살려 우리말로 옮기는 것이 큰 어려움이었습니다.
"언젠가 우리 둘이 약속했던 그 자리에서 다시 만나리라"라는 대사를 '우리' 대신 둔탁한 '너와 나'로 옮겨 버린다면, 은하의 무중력적 포옹이 순식간에 사적인 비명으로 바뀌어 버릴 것 같았기 때문입니다.

1931년 4월 고향으로 돌아온 뒤 그는 '라스치진협회羅須地人協會'라는 농사·문화 실험 공동체를 직접 열어, 토양 개량과 음악과 문학 강습을 병행했습니다. 문학과 과학, 신앙과 실천이 하나로 뭉친 이 시도는 번번이 자금난과 악천후로 좌초했지만, 그 잔향은 〈비트와 내일〉 같은 농민 시편에 고스란히 남아 있습니다.

1933년 9월 21일 겐지는 급성 폐렴으로 세상을 떠났습니다. 주머니 속에는 흔히 "비료 대금 송금 부탁" 메모로 알려진 쪽지가 들어 있었는데, 원문 표기는 판본마다 "稗貢(ひえこう)代金(피곡, 조, 현미 대금)" 등으로 조금씩 달라 학계에서 소소한 해석의 차이를 낳기도 합니다. 그럼에도 그 짤막한 유언은 "문학이란 결국 밥과 흙의 문제를 넘어설 수 없다"는 그의 일생의 증언처럼 다가옵니다.

사후死後 평가는 놀랍도록 폭발적이었습니다. 전후 일본이 폐허 속에서 "새로운 자연과 인간"을 모색하던 시기에, 겐지의 별빛 농법은 가장 선구적인 생명철학으로 조명되었지요.

1987년 고향에 기념관이 세워진 뒤 〈은하철도의 밤〉은 애니메이션으로, 〈바람의 마타사부로〉는 영화와 연극으로 이어지며 '겐지 유니버스'가 완성됩니다. 그의 작품이 엘리트 문학이 아니라 "집단적 상상력의 공유지"로 기능한다는 사실을 새삼 실감하게 합니다.

오늘날 우리는 기후 위기와 생태 파괴의 재앙 앞에 서 있습니다. 겐지는 이미 한 세기 전에 "별들은 먼지 한 톨도 낭비하지 않는다"고 속삭였습니다. 그의 연보를 따라가노라면 삶과 문학, 과학과 구원이 결코 나뉠 수 없음을 알게 됩니다. 나아가 번역자로서 이 거대한 별빛 주석서註釋書를 우리말로 옮기는 일 또한 겐지의 은하를 현재형으로 다시 흐르게 하는 작은 물꼬라고 믿습니다.

은하철도의 밤

초판 1쇄 발행 | 2025년 8월 25일

지은이 미야자와 겐지
옮긴이 김수영
발행인 한명선

책임편집 김수경
제작총괄 박미실
디자인 모리스

주소 서울시 종로구 평창길 329(우편번호 03003)
문의전화 02-394-1037(편집) 02-394-1047(마케팅)
팩스 02-394-1029
전자우편 saeum2go@hanmail.net
블로그 blog.naver.com/saeumpub
페이스북 facebook.com/saeumbooks
인스타그램 instagram.com/saeumbooks

발행처 (주)새움출판사
출판등록 1998년 8월 28일(제10-1633호)

ⓒ 김수영, 2025
ISBN 979-11-7080-092-7
ISBN 979-11-90473-75-0 04800(세트)

이 책은 저작권법에 따라 보호받는 저작물이므로 무단전재와 무단복제를 금지하며,
이 책 내용의 전부 또는 일부를 이용하려면 반드시 저작권자와 새움출판사의
서면동의를 받아야 합니다.